庫

隠された日本　大阪・京都

宗教都市と前衛都市

五木寛之

筑摩書房

目次

寺内町という信仰の共和国

現代に息づく「同朋《どうぼう》意識」と信仰心

伝統と革新のせめぎあいの中で

宗教都市と前衛都市

撮影・戸澤裕司

「日本人のこころ」を探して

この十数年間、ずっと旅をしてきた。旅といっても外国旅行ではない。日本の各地を駆け足でまわるあわただしい旅である。

若いころ、『家の光』や『地上』など、農村向けの雑誌のライターをやっていた時代がある。そのおかげで、地方の村や町をずいぶん歩きまわることができた。小説を書くうえで、そんな昔の記憶が残っていたことが、どれほど役立ったことか。当時、仕事でたくさんの旅をさせてもらったことを、いまさらのように感謝している。

一九六〇年代のなかば、一般人の外国渡航が自由化された。それまではフルブライトの留学生や、政官界、財界の特別な人しか自由に外国を訪れることができなかったのだ。一ドル三百六十円の時代だった。

六〇年代の若者たちの外国旅行は、いまから見れば滑稽《こっけい》に思われるだろうが、ひとつの冒険だったといっていい。横浜からソ連の船でナホトカに渡り、シベリアを越えてヨーロッパへ、という貧乏旅行が一般的なコースだった。

私と同じ時期に北欧へ旅立った建築家の安藤忠雄《あんどうただお》氏も、そのコースだったらしい。家族と水杯《みずさかずき》をして出発したというから、相当の覚悟が必要だったのだろう。

それからしばらくは、異国を回遊する旅の時代がつづいた。パリの五月革命や、ワルシャワ条約軍に制圧されたプラハや、クーデターのあとで戒厳令下にあったチリや、さまざまな歴史の現場に出会って、なんだかいっぱし外国の事情に通じているような思いあがった錯覚を抱いていたのもそのころである。

五十代にはいって、にわかに不安になってきた。自分が母国である日本のことを、じつはほとんど知らないということに気づいたからである。

歴史の教科書や、テレビなどで見る日本ではない。実際に人間がそこで暮らし、生《しよう》死《じ》の営みをくり返してきた現場のことである。自分の国の本当のすがたも知らないくせに、外国の街のたたずまいや、歴史などを得々として書いたり喋ったりしてきた自分が、とても浅はかに感じられ、なんとかしなければ、と考えはじめた。

日本の各地を回りはじめたのは、そのころからである。以来、憑かれたように日本列島を動きまわって暮らしてきた。この十年あまり、週に四日は旅、という生活がつづいている。

風雅の旅でもなく、研究のテーマを深める旅でもない。とりあえず一度も足を運んだことのない、知らない土地へいく、ただそれだけのことである。仕事がらみの旅も多い。ときには取材や、人前で話をすることもある。

そんなふうにして各地を歩いていると、これまで自分が考えていた日本という国と、日本人という民族のすがたが、ずいぶん違って見えるようになってきた。

日本人にもいろいろあるなぁ、というのが実感である。方言が地方単位ではなく、実際には村のなかでも各集落ごとに異なるように、日本人のこころも、日本人の暮らしも、絶対にひとくくりにはできないこともわかってきた。

そこに浮かびあがってきた日本人のすがたとこころは、これまで想像もできなかった不思議な世界であった。異様、といっていいほどの風景がそこに現れてきて、思わず声をあげて立ちすくむこともしばしばだった。

私たちは日本を知らない。日本人のこころは、私たちにとって未知の領域である。専門家にとっては自明のことでも、私たち大多数のふつうの日本人にとっては、驚かされることばかりだ。

たとえば、私たちは城下町を知っていても、寺内町《じないまち》のことを知らない。中世のこの国で、城下町に先行する宗教都市が各地に存在し、そのネットワークが戦国大名たちをおびえさせたことを知らない。

私たちは九州の隠れ念仏のことを知らない。隠れキリシタンについて学校で教わることはあっても、それとは比較にならない規模で日本人のこころに生きている隠れ念仏の実際を知らない。また、隠れ念仏のことを知っている人でも、東北の隠し念仏のことを知らない。そして隠れ、と隠し、の間によこたわる信仰の深淵について語ることもない。

一向一揆《いっこういっき》や、土一揆《つちいっき》のことは本で読んでも、逃散《ちょうさん》という農民の驚くべき抵抗のシステムについては知らない。

大阪を商業都市と思いこんでいる人たちに、大阪は宗教都市だと思います、といえばけげんな顔をされる。京都は伝統的な街というより、日本のなかの異国といっていい前衛都市なのだ、といえば、同じように奇異な表情をされる。

かつて、能登のことを「日本のチベット」などと驚くべき差別的な表現をした人がいた。能登にも、チベットにも失礼だろう。能登はかつてユーラシア文化圏に対する日本の表玄関であり、都に先駆けるモードやファッションの情報発信地として先端的な土地であったはずである。

農地を耕し、村や町に定住する常民《じょうみん》のほかに、どれほど多くの流動民がこの列島をめぐり歩いてきたことか。村や町が骨と筋肉であるならば、その流動民こそは血流であり、生体《せいたい》としての日本はその両者の交流によって成り立っていたのだと私は思う。

正月にも門松を立てることをかたくなに拒み、七五三の行事にも子供を参加させない家が、この国にどれほど多いかを私たちは知らない。それが単なる習俗ではなく、ひとつの信仰の伝統からであることも知らない。

しかし、そのことは決して特別なことではない。つい先ごろまで私自身もそうだったのである。

専門の研究家にとっての常識が、なぜ世間一般には見えてこないのだろうか。このところ日本の歴史と日本人のこころへの関心が、にわかにたかまってきた気配がある。この機会に、これまで見えないままになっていたリアルな日本人のすがたを、そのこころを、あらためて大胆に見つめ直す必要があるのではないか。そんな思いにせきたてられて、きょうもまた未知の国、日本への旅にでかけてゆく日々がつづくのである。

第一部　見えざる日本人の宗教心

大阪は宗教都市である

大阪城が消え、ある寺のすがたが浮かびあがってきた

ＪＲ大阪駅の北西に、大阪の新しいシンボルとして知られる高層ビルが建っている。平成五（一九九三）年に完成した「梅田スカイビル」だ。このビルの地上百七十メートル、四十階のところに浮かぶ「空中庭園」からの眺望は素晴らしい。

ここは、大阪をはじめて訪れた「おのぼりさん」、といっては悪いが、観光客たちが一度はのぼって大阪の全景を展望する、という名所になっているそうだ。確かに、ここから見渡すたそがれの大阪というのはなかなかのものである。

はるか眼下に広がる景色を眺めていると、じつにいろいろな思いが頭のなかを去来する。大阪は「水の都」と呼ばれた。昔は海がもっといまの陸地のほうまではいりこんでいたはずで、まさに水の都そのものだっただろう。

かつてはシルクロードや大陸からきたさまざまな文物が、船でこの難波《なにわ》の港にはいり、ここから奈良へ、京都へ、そして日本全国へと広がっていったのだ。同時に、渡来人たちが海をこえてやってきて、新しい文明を持ちこんだことはよく知られている。

少し遠くのほうに目を向けると、小高い台地の上に大阪城の天守閣が見える。そのすがたを見ると、あそこが大阪のいわば〝へそ〟であり中心だった、ということがいやでも実感できるだろう。

目を閉じてみる。しばらくして開くと、不思議なことに、いま目の前にあった城郭が消え去り、今度はひとつの寺のすがたがくっきりと浮かびあがってくる。

大阪城が築かれる前にそこにあった「石山本願寺《いしやまほんがんじ》」だ。

歴史を遡ると、五百年以上前に蓮如《れんによ》という人物があの上町《うえまち》台地の一画に寺を建てて、この町の礎を築いた。それから豊臣、徳川時代をへて、大阪の町は発展をとげていく。

じつは、この寺を中心にしてはじまった町が、現在の大阪という大都市になったので

地上 170 メートルにある梅田スカイビルの空中庭園

梅田スカイビルから眺める大阪城の天守閣

ある。

現実には、本願寺は焼失して跡形もなく、その上に大阪城がそびえ立っている。だが、私の目にはかつての寺のすがたがありありと見える。もしかすると、ここには、蓮如の時代から五百年経ったいまもなお、大阪人のこころのなかに生きつづけている何かがあるのではないか。そして、彼ら自身も気づかない宗教的感性のようなものが、ひそかに地下水脈のように流れているのではないか――。

地上百七十メートルの「梅田スカイビル」の「空中庭園」を吹き抜ける強風にあおられながら、ふとそんなことを考えた。

私がはじめて大阪に足を踏み入れたのは、昭和二十七(一九五二)年のことだ。そのころはまだ、戦後の面影が色濃く残っていて、国鉄(現・JR)の大阪駅前などは、文字どおり荒涼たるものだった。激しい空襲を受けてビルもほとんど崩壊してしまって、目につくものといえば、あちこちに立つ闇市くらいだったのをおぼえている。

その年、私は大学を受験するために、はじめて福岡から上京したのだが、当時は国鉄の「阿蘇《あそ》」「げんかい」「雲仙《うんぜん》」などの急行列車に乗って、東京までは丸一日、二十四時間あまりかかった。

博多から大阪までは十三時間以上。東京までぶっとおしで乗っていくのも疲れるし、せっかく通るのだから見学でもしようと思って、大阪で一度途中下車するのがつねだった。たまたま親戚が大阪にいたので、そこに泊めてもらったりしながら、大阪で二、三日過ごして、それから再び列車に乗って東京へ向かうのである。

逆に、東京から福岡へ帰るときも、中継地点の大阪で降りて、二、三日休憩してから福岡へと向かう。そういうわけで、学生のころから、私は大阪に来ることが結構多かったように思う。

社会人になって、雑誌の取材記者を何年かやっていたときも、関西での取材の場合には一度大阪にでて、そこからまた地方へでかけることがしばしばだった。

さらに数年たったころ、こんどは「大阪労音」の仕事をやることになった。当時、大阪労音という音楽鑑賞組織は巨大化していて、メジャーな音楽産業を凌駕《りょうが》するような勢いだった。非常に活気のある音楽革新運動だったと思う。その大阪労音が、音楽を配信するだけでなく、創作もやりだして、そういうものがどんどん市場に流れていったのである。

たとえば、安部《あべ》公房《こうぼう》氏が原作を書いて、ペギー葉山さんが主演した『可愛い女』などがそうだが、大阪労音が発信したミュージカルが、一時は時代を風靡《ふうび》したものだ。

私はそのころ、大阪労音の機関紙に文章を書いたり、創作ミュージカルの台本も何本か書いていた。そのなかには、昔のプロレタリア文学運動で知られている葉山嘉樹《はやまよしき》の『セメント樽の中の手紙』という小説を、『傷だらけのギター』というタイトルでミュージカルに仕立てて、ペギー葉山さんや友竹正則《ともたけまさのり》氏で上演した記憶がある。

上演期間中は、構成作家としてずっと大阪に詰めていなければならないので、私は安ホテルに泊まりこんで、フェスティバルホールなどに通っていた。公演の間、二週間とか一カ月とかずっと大阪に滞在することも珍しくはなかった。

そういうわけで、学生時代、それからライターの時代、さらに労音の音楽にかかわった時代、と大阪には不思議に縁があった。もちろん、小説を書くようになってからも再三訪れている。

とりわけ私にとってなつかしいのは、学生だったころの大阪だ。町をあてもなくほっつき歩いて、ミナミもキタもさんざん徹夜で歩きまわり、朝方また劇場へいったり、映画館へいったりした。

当時、道頓堀《どうとんぼり》にあったダンスホールへもいった。それは、二千人くらい入場できる巨大なホールで、ビッグバンドがはいっていた。少し前のディスコなど比べものにならないほど広かった。クイックステップからジルバ、ルンバ、マンボ、となんでもあった。

そのバンドがタンゴを演奏しはじめると、タンゴを踊れない人たちは壁際に下がって、タンゴに自信のある人たちだけがホールの真ん中で踊る。タンゴが終わって、ふつうのムードコーラスなどに曲が変わると、またアベックたちがわっとでてきてチークダンスなどを踊る。そういう感じだった。

さらに、歌い手も松尾和子さんとかマヒナスターズとか、いろいろな人たちがでていた。少し洒落たところでは、新しいロカビリー的な音楽もやり、プレスリーもやればウエスタンもやるという感じで、音楽的にはごちゃまぜだったが、なにしろ活気にあふれていて、おもしろい場所だった。

また、当時よく通っていたのが古本屋で、どうしてこんな盛り場にあるのだろう、といつも不思議に思いながら、必ず立ち寄って本を探した。残念ながら、もはやその古本屋もなくなってしまった。

いまの大阪のなかでも、鶴橋《つるはし》周辺には市場があり、たくさんの人が集まっていて活気があるが、私が学生だったころは町全体がそんな雰囲気だったのだ。もちろん、当時も御堂筋《みどうすじ》は広くて立派だったが、いまのように美しいビルが建ち並ぶ、という感じではない。ただ、大丸、そごう、髙島屋、阪急などのデパートは戦災で焼けずに残っていた。

そのころよくいわれていたのが、阪急デパートの食堂へいって、飯だけ頼んでソースをかけて食べるという「ソーライス」の話。残念ながら、私は食べたことがない。また、鶴橋あたりに昔からあったホルモン焼きの店なども人気があった。

ついでに食べ物のことを書いておくと、私は当時、とにかく関西のうどんは日本でいちばんうまいと思っていた。

こんなふうに、食生活が安くて豊富だという点でも、大阪は非常におもしろい町だということがわかった。

大阪の人は庶民的だといわれていて、概して東京の人のように、肩肘はってえらそうなことはいわない。とはいえ、東京にだって庶民的なところはあるわけで、大阪の人がみんな庶民的、つまり、気さくでざっくばらんかというと、そんなことはない。

人当たりは柔らかいけれども、非常に攻撃的で強いものも持っているし、誇り高いところがある。たしかに大阪の人間は、屈折しているところで道化《どうけ》て見せたりもする。けれども、芯のところは決してそんなに脳天気ではない。

それは、たとえば私は九州の福岡の人間だけれども、福岡の男がみんな無法松《むほうまつ》のようであるかといえばそうではない、繊細で傷つきやすく、あまりお酒を飲まない男だって少なくない。観光的な町のイメージに引きずられているが、いわゆる「九州男児」というのは、それほどいないのではないかという気がする。

また、大阪的「抒情」というと、まったく見当違いのように聞こえるかもしれないが、私は、大阪人のメンタリティの背景に、ある哀しさ、抒情性というものをつよく感じることがある。

それが照れくさいために、大阪の人たちは、いかにも〝吉本興業的〟な笑いでごまかしている。だが、その奥には非常に切ないものがあるという気がしてならない。

大阪の人たちが大阪について語る場合、たいていは、お笑い的なものを東京の対抗軸として出してくる。ひょっとすると、東京の人たちも、大阪を吉本的なものに押しこめることで、なんとなく安心しているのではなかろうか。

日本人ほど、「日本人とは何か」ということを気にする国民はいない、といわれているらしい。その場合にも、外から見る見かた、内から見る見かたといろいろあるはずだ。もちろん、日帰りの旅人には、内側の奥深いことまではとてものぞけないが、内側にいる人には見えないものが、一瞬ちらっと見えたりすることもあるだろう。それでもやはり、わからないことも多いのだが。

そのわからない部分は空想で補ったり、学者のかたがたの研究を参考にしながら、この大阪で「日本人のこころ」を探してみたいのだ。

大阪城の下には石山本願寺がある

「大阪」という都市について語る場合、基本的には「商業都市」、あるいはもっと恰好よく「東アジアのビジネスセンター」などという表現をしたりもする。

しかし、少し前から、私は「大阪は宗教都市である」と考えるようになった。この大阪の歴史のなかで欠かすことのできないエピソードというのが、十五世紀の宗教家、蓮如という人物との深いかかわりである。

いま、大阪の中心部には、インテリジェントビルを背景にして、大阪城の天守閣が美しくそびえている。よく知られているように、もともと大阪（坂）城は豊臣秀吉によって、天下統一のシンボルとして築城されたものだ。その後、「大坂冬の陣」「大坂夏の陣」をへて豊臣家は滅ぼされ、大阪城も炎上したが、のちに徳川幕府の二代将軍秀忠《ひでただ》の時代に再建された。

この大阪城を見あげると、その壮大さと、これだけの大きな建築工事をやったというその時代に対して、なんともいえない一種の畏敬の念を感じてしまうのは自然のことだろう。

ところで、このあたりが「オオサカ」と呼ばれるようになったのはいつなのか。古代、この地は「ナニワ」と呼ばれていた。「難波」、あるいは「浪速」「浪花」とも書く。そして、『日本書紀』にも見られるように、仁徳《にんとく》天皇の時代には、この難波に大きな都が二度建設されていた。

仁徳天皇と聞くと、私は昔、学校で教わった「高き屋にのぼりて見れば煙《けぶり》立つ民のかまどはにぎはひにけり」という歌を思い出して、なんとなくなつかしい気持ちにさせられる。

さらに、孝徳《こうとく》天皇と聖武《しょうむ》天皇の時代にごく短い間だけ、飛鳥京や平城京からこの難波に遷都《せんと》された期間が二度あったようだ。しかし、その後、都は再び平城京に戻って、難波宮《なにわのみや》から人びとのすがたは消えた。八世紀末には京都の平安京に遷都し、以後、難波宮が日本の都として歴史に登場する機会は、二度となくなってしまう。

難波の地には古くは難波津《なにわづ》という港があって、水路を利用してさかんに各地との交流が行われていたらしい。そう考えると、古代から大阪は、日本に外国からの文明や文物が流入する要の場所であり、経済、政治の要衝《ようしょう》でもあったことは間違いない。それは、考古学的な調査によっても確認されている。

しかし、かつての「ナニワ」が「オオサカ」と呼ばれるようになったいきさつを知っている人は、それほどいないのではあるまいか。さらに、大阪城が建っている場所に、かつては蓮如が建設した「大坂御坊《ごぼう》」と呼ばれた小さなお寺ができ、のちには浄土真宗《じょうどしんしゅう》の本山《ほんざん》となった「石山本願寺」が存在していたということは、ほとんど知られていないのではないだろうか。

いや、おそらくいま大阪に住んでいる人たちでさえ、ほとんど知らないだろうと思う。「太閤《たいこう》びいき、家康嫌い」といわれる大阪の人たちは、あの威容を誇る大阪城をつくったのは太閤秀吉だ、と信じているように見える。

実際には、秀吉が建てた元の大阪（坂）城は「大坂夏の陣」で焼失してしまっている。いま私たちを驚嘆させるあの巨大な石垣の石などはすべて、秀吉の死後、徳川時代になってから各地から運ばれてきたものである。

つまり、私たちが見ている大阪城の原形は、ほとんど十七世紀前半に徳川家によって再興されたものなのだ。

まして、大阪城は知っていても、大阪城が建っている場所に石山本願寺があったという歴史的事実は、人びとの記憶に残っているはずもない。

現在、大阪城内には「南無阿弥陀仏《なむあみだぶつ》」と書かれた大きな記念碑が立っているが、その意味をはっきりと理解している人は、おそらくわずかなのではあるまいか。

蓮如は「大坂」の地になにを感じたのか

難波に都があったのは七世紀のころだ。それからはるかに長い歳月をへて、蓮如という宗教家が歴史に登場してくるのは十五世紀である。この蓮如こそ、古代に栄えてその後荒れはてた大坂を再発見したその人だ、といっていい。

彼は、親鸞《しんらん》以来の浄土真宗の教えを受け継いで本願寺教団を整備し、北陸をはじめとして全国に門徒《もんと》を広げていく。やがて、京都の山科《やましな》に本山として本願寺を建立《こんりゅう》するまでになった。この山科本願寺は、極楽浄土を思わせるほど壮麗なものだったといわれ、大名の屋敷などおよびもつかない、と表現されている。巨大なものだったにちがいない。

ところが、蓮如という人は、功成り名遂げて一カ所に落ち着くような人ではなかった。私はむしろ彼のそういうところが好きなのだが、尻が落ち着かない、ある意味では風来坊なのだ。蓮如は山科本願寺をつくりあげてからも、あるときは北陸、あるときは堅田《かたた》（滋賀県）、またあるときは……というふうに、精力的に立ち止まることなく歩きまわっていた。

そんな彼が、八十一歳のときに新たな布教の拠点として選んだのが、かつて難波宮があったといわれるこの場所だった。

それにしても、現在でも八十一歳といえば、かなりの高齢者といっていいだろう。もう楽隠居して、山科に築いた堂々たる王国でのんびり暮らせばいいものを、八十歳を過ぎてから、またひょいと他の地にでていく。蓮如という人はむしろ、できあがったらそこを明け渡して、他の人に任せればいい、と考えていたのだろうと思う。
さて、蓮如が明応《めいおう》七（一四九八）年にしたためた「御文《おふみ》」あるいは「御文章《ごぶんしょう》」と呼ばれる書簡体のメッセージのなかに、この難波の御坊《ごぼう》のことが書かれている。

〈摂州《せっしゅう》東成郡《ひがしなりのごおり》生玉《いくたま》の庄内《しょうない》、大坂といふ在所は、往古よりいかなる約束のありけるにや、さんぬる明応第五の秋下旬のころより、かりそめながらこの在所をみそめしより、すでにかたのごとく一宇《いちう》の坊舎を建立せしめ、当年ははや三年の歳霜をへたりき。〉

じつは、これが文献に「大坂」という地名が登場した最初だといわれているのだ。すなわち歴史上、この地に「オオサカ」という名前を冠した最初の人は、蓮如だったわけで、これをもってしても、蓮如と大阪との間にはどれほど深い縁があったかがわかるだろう。
「大坂」という字が当てられているのは、もちろん、実際にここに坂があったからだが、現在は「大阪」であって「坂」という字は使われていない。これは「坂」の字が

「土に返る」、要するに「死」ということに通じるため、縁起が悪いという理由らしい。明治初（一八六八）年以降は、現在の表記である「大阪」と書かれるようになったが、それ以前からこの両方が混在して使われていた、という説もある。

そういうわけで、「大坂」と「大阪」を正確に書き分けるのはむずかしい。とりあえずこれから先は、「大阪城」のように現存するものは「大阪」、「大坂御坊」などは「大坂」と書くことにしたい。

では、蓮如はなぜ大坂に立ち寄ったのだろうか。そのころ、彼は堺《さかい》と深い関係を持っていた。たぶん山科のほうから、淀川《よどがわ》を利用して堺へいっていたのだろう。当時は淀川を下って来ると、「八軒屋」という船着き場で船を降りて、そこから陸路で堺や紀州方面などへ向かったらしい。

かつての淀川や大和川の流れは、いまでは想像もつかないくらいに入り組んでいて、大坂あたりは縦横無尽に水路が走っていたという。当時の人びとが船を重要な交通手段として、さかんに行き来していたことが想像できる。

その淀川が大きくカーブするところで、いまは大阪城がそびえている小高い上町台地を蓮如は見あげた。おそらく、台地が河岸に屹立《きつりつ》しているすがたを、船の上から眺めたにちがいない。

そのとき、蓮如のなかに不意になにか閃くものがあった。

「おお、これはすごい！」

八十歳を過ぎて自然の景観に感動するという、蓮如の並々ならぬ感受性にも私は驚かされるのだが、彼はただちにその場所で船を降りて、台地にのぼってみたのではないか。

蓮如の子の実悟《じつご》が書いた『拾塵記《しゅうじんき》』には、室町時代の大坂は「虎狼《ころう》のすみかなり、家の一もなく、畠ばかりなりし所なり」だったと記されている。もちろん、これはかなり誇張された表現だとしても、蓮如の目の前に広がっていたのが、かつての都の面影などまったく失せた、荒れ果てた寂しい場所だったのは確かだろう。

ただし、その反面、荒涼たる場所というのは自然の要害である。大坂の地が、地形のうえで非常に有利な条件を備え、かつ交通の要衝であることを、蓮如は直観的に感じ取ったにちがいない。

「よし、ここだ」

こんなふうに蓮如は思ったはずだ。口の悪い人は、蓮如は不動産屋になると成功したんじゃないか、などといったりするのだが、たしかに、蓮如はそういう才覚があった人だと思う。たぶん彼はひと目見たときから、ここにはなにかある、ここはものになる、と感じたのではないだろうか。

それにしても、山科にあれほど壮大な本願寺を建てながら、蓮如は最初、ここになにを建てようと思ったのだろうか。それについて蓮如自身は、ふらりと立ち寄って自分の坊舎を建てた、というふうにいっているだけだ。

隠居所のつもりで建てたのではないか、という人もいるが、「虎狼のすみか」のような荒涼たる場所に、隠居所というのもどうもしっくりこない。やはり、蓮如には、この地がただごとではないという、なにか強いものが感じられたのだと思う。

また、不思議なことに、坊舎を建てるときに地面を掘ると、まるで礎石《そせき》にするために集めてきたかのように、土のなかから大きな石がごろごろたくさんでてきたという。それが、「石山」という名前の由来だといわれている。「石山本願寺」の石山、のちの織田信長との「石山合戦《いしやまかっせん》」の石山である。

巨大な寺内町《じないまち》が形成されていった

こうして十五世紀末、年号でいうと明応五（一四九六）年、蓮如はこの地に「大坂御坊」とか「石山御坊」と呼ばれるようになる小さなお寺を建てた。いずれにしても蓮如の最晩年で、彼はその三年後に亡くなっている。

この大坂御坊を中心にして、その周辺が次第に整備されてきて、やがて「寺内町」というものが形成される。

寺内町は「ジナイチョウ」としている文献もある。ただ、「城下町」という言葉は「ジョウカマチ」と読むのがふつうである。「門前町《もんぜんまち》」もそうだ。いわゆる「重箱読み」だが、私は寺内町も「ジナイマチ」と読んでいる。習慣として「北前船」を「キタマエブネ」と読み、ふつうは「キタマエセン」とは読まないのと同じだ。

つまり、大坂は城下町になる前、寺内町として栄えていた。しかし、寺内町という言葉をはじめて知ったという人もたくさんいることだろう。寺内町と城下町はどうちがうのか、と疑問を抱いた人もいるにちがいない。

反対に、城下町を知らない人はいないだろう。そういえば、小柳ルミ子が少女のころに歌った「わたしの城下町」という歌謡曲が、一世を風靡したこともあった。城下町というのは、文字どおり城が中心にあって、その石垣と濠《ほり》の外側に発達した町だといえよう。

城下町では、守るべきは城であり、城主である。そのために、城の周囲には深い水《すい》濠《ごう》がめぐらされ、堅固な石垣が築かれている。庶民大衆が日々の生活を営む町は、その外側にある。

その城下町に対して、寺内町は文字どおり「寺の内の町」であって、決して「寺の下の町」ではない。寺内町では、守るべきものは寺ではない。あくまでも寺と町とが一体になっている。寺内町とは、寺の敷地の内部に抱きこまれた町のことであり、その町の周囲が土塁《どるい》や水濠で囲まれているのだ。

一方、寺や神社の門前に展開して成立した町は「門前町」と呼ばれている。たとえば、伊勢神宮のある伊勢市などがそうだ。門前町は、寺や神社の境内《けいだい》に参詣する人たちのために自然に発達したものが多く、当然のことながら、町は境内の外側にある。ときどき門前町と寺内町を混同して書いている文章も見られるが、私はまったく違うものだと思っている。

寺内町については、あとでもう少し詳しく考えてみたい。

戦国時代から近世初期にかけて、一向宗《いっこうしゅう》と呼ばれた浄土真宗の寺院のある場所で、寺内町は発達した。蓮如が御坊や本願寺を建立した吉崎《よしざき》、山科などにも、大坂より早くすでに寺内町が誕生していた。

そして、蓮如が大坂に建てた寺も次第に大きくなり、さまざまな設備がつくられていった。寺の僧侶たち、そこに出入りする仏具師たち、あるいは寺の営繕《えいぜん》を行う大工たち、石垣を積む石工《いしく》たち、庭園を整備する庭師たち……というように、まず、寺に関係する仕事をするさまざまな人たちが大坂に集まってきた。

そのうち、全国から真宗の門徒が訪れるようになってくると、彼らが宿泊する施設、「多屋《たや》」または「他屋《たや》」と呼ばれたビジネスホテルみたいなものが建つようになる。門徒が諸国の特産物を持ってきて、寺に志《こころざし》として納めたり、互いに物々交換したりするようにもなる。飲食店も必要になるし、ろうそくや仏具などを売る店もでてくる。

こういうことで、「大坂御坊」と呼ばれた小さな寺はどんどん大きくなり、やがてそこにひとつの町、巨大な寺内町が形成されていったのだった。

やがて天文《てんぶん》元（一五三二）年には、京都の山科本願寺が、法華《ほっけ》衆徒《しゅうと》や近江《おうみ》守護の軍勢に攻撃されて炎上してしまう。そのため、大坂御坊に本山が移されることになり、そのときから大坂御坊は「石山本願寺」と呼ばれるようになった。

十六世紀の石山本願寺の時代、それは合戦がつづき、夜盗の群れが出没する大変な乱世だった。そのため、町を外敵から自衛するための設備が不可欠で、人びとは協力して土塁を作ったり、濠を掘ったり、柵を設けて町全体を囲っていく。

こうして、石山本願寺は別名「石山城」と呼ばれるほど防衛が堅固で、寺内町は威容を誇る一大都市になっていった。

なぜ信長は十年間も石山本願寺を攻めつづけたのか

その石山本願寺と、天下統一を目指す織田信長との間でしばしば衝突が起こり、「石山合戦」がはじまったのが元亀《げんき》元（一五七〇）年だった。

信長は石山本願寺を、というより寺内町全体を自分のものにしようとして明け渡しを要求したが、蓮如の跡を継いだ宗主《しゅうしゅ》の顕如《けんにょ》がそれを峻拒《しゅんきょ》したため、ついに合戦がはじまったのである。顕如たちは、難攻不落の城に変わった石山に籠城した。以後約十年にもわたって、信長はあらゆる手だてをつくして石山本願寺を攻めに攻めた。しかし、本願寺はびくともしない。なにしろ、石山の寺内町は、最盛期には寺関係の人も含めると八千人ともいわれる巨大な人口を擁し、二千軒ともいわれる町屋が集まっていたといわれるほどだったのだ。

なおかつ、全国からいろいろな人たちがさまざまな情報を携えてやって来る。さらに、当時の最新の武器だった鉄砲を駆使する雑賀衆《さいがしゅう》も、本願寺に味方をして、信長に執拗《しつよう》に抵抗する。

信長は大軍を率いて再三再四攻めるのだが、なかなか石山本願寺は落ちない。諸国からはせ参じた門徒の抵抗に手を焼きながら、信長のほうも別の合戦でいそがしいために、本願寺との決着をつけることができず、戦いは長期化していった。

結局、十年が過ぎて、信長は朝廷を動かして和睦《わぼく》を申しこむ。籠城していた顕如たちは、信長の提示した条件を受け入れて、城から退去することに同意する。しかし、顕如の子の教如《きょうにょ》たちは和睦を拒み、なおも籠城して信長に抵抗しようとした。そのため、本願寺教団は二つに分裂してしまうことになった。

その教如たちも、ついに城から退去することになる。そのとき、どちらが火をつけたのかはわからないが、寺中で大火が起こって三日三晩燃えつづけた。こうして天正《てんしょう》八（一五八〇）年、真宗門徒にとっての聖地であり、蓮如が礎を築いてから八十年以上繁栄して、あれほどの勢威を誇った石山本願寺は、灰燼《かいじん》に帰したのだった。

ところが、石山を手に入れた信長も、その二年後に明智光秀《あけちみつひで》に襲撃されて、本能寺で最期を遂げる。さらに、光秀を破って信長の後継者の地位を手に入れた豊臣（羽《は》柴《しば》）秀吉が、今度は石山本願寺の跡地で大城郭の築造に取りかかる。秀吉は、そこに天下統一のシンボルとなるような巨大な城を建築し、天守閣をつくった。

場所についてはいろいろな説がある。現在の大阪城が、かつての石山本願寺のまさに真上だという説もあれば、少し離れた場所にあったという説もある。その真偽は私にはわからない。

ただし、いろいろな国の例を思い出してみると、新しい支配者がやってきて先住民族を滅ぼしたのちに、その先住民族の宗教的祭祀の場に自分たちの信仰の場、つまり教会を建てるということが、特にラテンアメリカなどでは多く見られる。

たとえば、メキシコシティでも、古くからそこに伝承がある神殿が破壊され、その上に新しいカトリックの教会が創建されたと聞く。つまり、それは、支配者としてのアイデンティティを確立するということなのだろう。それと同じようなことは、洋の東西を問わず、しばしば行われているのではなかろうか。

おそらく秀吉も、石山本願寺があった所に大坂城を築城したのだと思う。自分の権力を誇示するために、大勢の人足《にんそく》を集めた大工事を行って、目を驚かすどころか魂まで驚かすくらいの巨大な城を出現させたのである。

さらに、秀吉は大坂城の周りに城下町を建設する。この新しく誕生した城下町に、石山本願寺の寺内町から離散していた住民たちが少しずつ戻ってきて、大坂の町は復興した。

しかし秀吉の死後、天下の主導権を握った徳川家康が豊臣氏を滅ぼし、大坂城も落城する。そして、二代将軍徳川秀忠のときに、炎上した大坂城が復興され、新しい城下町が整備されたのだった。

古代に思いを馳せると、この上町台地には、短い期間だったが難波宮が二度存在し、中世以降、十五世紀にまず蓮如が寺内町をつくりあげ、十六世紀には秀吉が大坂城を築き、十七世紀には徳川家が全国の要として大坂城を再建した。

上町台地は、こういう歴史を何度もくり返して刻んできた〝モニュメント〟として記念すべき場所だといえるだろう。

信仰によって結ばれた運命共同体としての町

このようにして、大坂は寺内町から城下町へと移行することになる。それにしても、寺内町はのちの城下町とはかなり様相が異なっていた。

思うに、信長や秀吉にとって、寺内町の先進性というものは、目の上の気になる〝たんこぶ〟でもあり、また恐い存在でもあり、魅力的にも映ったのではなかろうか。

信長があれほど執拗に石山本願寺を攻めたのは、もちろん、この台地の上に天下統一のシンボルとなる城を建てたい、という気持ちがあったからだろう。

結局、それが実現できなかったので、近江《おうみ》の安土《あづち》に山城《やまじろ》を建てることになったが、信長は本当はここに建てたかったのだ。

信長は非常に好奇心が強い人だった。バテレンと呼ばれた切支丹《キリシタン》の宣教師からも、積極的に南蛮の情報を知ろうとした。ワインを飲んだり、地球儀を眺めたり、黒人を家来にしたりと、じつにいろいろなことをした。

そんなふうに好奇心に溢れた信長は、あの台地の上にそびえている大きな石山本願寺と寺内町には、なんだかよくわからないが、これまでの日本の制度にはなかったような新しいシステムが誕生しているようだ、と早くから関心を抱いていたにちがいない。

できれば、そこにある信仰心や、権力者などはなんでもなくて仏がいちばん大事だ、という考えかただけを取り去って、その新しいシステム自体は滅ぼさずにわがものにしたい、というのが、信長の、そして秀吉のこころからの願望だったのではないだろうか。

だからこそ、石山本願寺が焼失した後の信長も、大坂城を築いた秀吉も、かつて寺内町に住み、いろいろな商売をしていた町人たちに、おとがめはないから戻ってこい、と呼びかけたのだ。

「楽市楽座《らくいちらくざ》」という免税制度は、信長の専売特許のようにいわれているが、寺内町では商人が租税を免除されて商いを行っていた。私はむしろ、この寺内町に生まれたフレキシブルな経済のシステムに目をつけた信長が、「楽市楽座」として活用したと考えるべきではないか、と思っている。

ここで何よりも大きな問題は、大坂が寺内町から城下町に変わったということだ。私には、これは現在の大阪という都市の成り立ちの問題に留まらず、歴史上の大逆転だとさえ思えてならない。

現在の大阪城を見てもわかるように、城下町というのは、中心に城があり、濠があり、石垣が築かれている。そして、その外側に城を囲むようにして町屋がある。つまり、城のみを防衛して、その周りに人びとの生活を置いて町をつくっていく、という形なのだ。

さて、城下町で戦争がはじまるとどうなるか。まず家臣は城にこもるだろう。濠にかかっていた橋は落とされる。無防備な民衆は、荷車などに家財道具を積んで逃げまどい、戦乱を逃れて町から立ち去るだろう。

そして、武将たちは火を放って町を燃やしてしまう。それは、攻めこんできた敵軍が、町に残っている食糧などを徴発したり、略奪して利用するのを防ぐためだ。

一方、攻める側は城を取り囲むが、いくら攻めても城が堅固で落ちないときは、水攻めなどもするだろう。水攻めをすると、城下町はもちろん水没する。田んぼも畑も全部水浸しになってしまう。

こう考えていくと、城下町が何を守ろうとしたのかがわかる。それは、城に代表される城主である大名と家臣であり、町に住む人びとではない。

まさしく、国の体制を守ろうとするのが城下町なのだ。だから、たとえ町が炎上しても、城さえ残っていればまた新しく町をつくればいい、ということになる。

それに対して、寺内町はどうか。市民による自治連帯都市である、といってしまうと堅苦しくなるが、ここでは寺と町とが一体になっている。町は寺とともに生き、ともに滅ぶ。いわば信仰によって結ばれた運命共同体としての町だ。

こう考えると、城下町と寺内町の間には、じつに大きな違いがあるというべきだろう。むしろ、ヨーロッパの都市や中国の城郭都市に見られるように、寺内町に住んでいる人間は、信仰という精神的連帯感に支えられていた。彼らが生きるも死ぬも、すべてがその町の防衛にかかっていたとさえいえる。

私には、そういう寺内町のすがたというものが、中世において、ある種のルネッサンスを想像させる新しさと魅力に満ち満ちている、と感じられてならない。

そして、大坂がそうだったように、寺内町に城下町が取って代わったということは、歴史の逆転ではなかったか、と思うのだ。城下町になったことで、権力とその権力を守る機構が完成し、人びとはその城の下にひれ伏すようになった。それくらい大きな転換点になったのではなかろうか。

確かに「城」というものは、日本の建築技術の粋《すい》であり、日本人の美意識のシンボルといっていいほど美しい。しかし、この城が、城下町に住む人びとの生活やいのちを守るものではなく、大名領主とその家臣一族を守るためのひとつのシステムだったことは、疑いもない。

そのなかで、秀吉は、城下に広がる町に、かつての寺内町に存在したさまざまな形の流通マーケットを移転させたのだった。秀吉はそれを繁盛させることによって、大坂をより大きな都市として発展させることに成功した、といえるのではないか。

さらに、豊臣家を滅ぼした徳川家は、政治の中心は江戸、経済の中心は大坂というふうに分担させることで大坂を整備していった。運河の開削《かいさく》がさかんに行われ、多くの橋がかけられて、「水の都」の基盤ができあがり、大坂は「天下の台所」と呼ばれるようになる。

こうして、近世以降、現代にいたるまでの時代に、一大商業都市としての大阪が存在することになった。

現代の大阪を訪ねて、大阪城の天守閣を眺めるとき、古代にはこの辺りに外国からの船やたくさんの渡来人たちが、群れをなして行きかっていたことや、難波の都があったことを、私は思い浮かべる。

その古代に栄えた都がいったん消え去ったのち、再び新しい御坊と寺内町という共和国、いわば宗教コンミューンを築きあげた蓮如は、じつにおもしろい人だったなあ、と思わずにはいられない。

同時に、歴史の転換点になったかもしれない寺内町が潰《つい》え去ったあとに、封建体制の象徴であるような城下町がつくられた、という事実を忘れるわけにはいかない。これは大坂だけでなく、じつは日本の各地に起こったことではないか、という気がするのだ。

歴史を表から見ているだけではわからないことも、少しずつ見ていかなければならない、と改めて思う。

いま、私たちは何か鬱屈《うつくつ》したような時代、閉塞《へいそく》した現状を生きている。そのなかで、私はかつての寺内町の活発な流通や情報のやりとり、人びとの朝な夕なに聞こえる念仏の声を想像し、運命共同体としての寺内町に生きていた人たちの、日々の喜びや生きがいや感動はいかばかりであったろう、と思いをめぐらせるのだ。

もしかして、あの時代のほうが、人間はいきいきと生きていたのかなと、そんなことを考えずにはいられない。

寺内町という信仰の共和国

城下町から寺内町へ視点を変えると

ここまで述べてきたように、私たちが商業都市、東アジアのビジネスセンターと呼んでいる大阪には、じつは「宗教都市」という原風景があった。大阪という都市の出発点になったのは、中世の宗教家・蓮如による大坂御坊の建立と、寺内町の発展にほかならない。

日本の歴史を寺内町という視点から見直してみると、私には、意外なイメージが湧きおこってくるように思われる。城下町から寺内町への視点の転換こそ、新しい日本人のこころを発見する大きな〝テコ〟なのではあるまいか。

中世のルネッサンスを感じさせる寺内町の新しさや魅力については、その機能や、集まってきた人びとの生活や、その底流に流れる思想も含めて、もう少し考えてみる必要があるだろう。ある意味では宗教的運命共同体であり、特異な自治連帯都市ともいえる寺内町とは、いったいどういうものだったのか。

ここで、寺内町が形成される過程をもう一度考えてみよう。

まずひとつの寺、堂宇《どうう》ができる。その堂宇の周りには、そこに住む人たち、つまり僧侶たちや僧侶の家族たち、その奉公人たちが集まる。

寺はいつも営繕や管理をする必要があるので、大工、仏具師、あるいは金箔や漆《うるし》を塗ったり手入れをする人たちも不可欠だ。瓦《かわら》はよく傷むので瓦で屋根を葺《ふ》く人も必要だし、寺につきものの庭園の手入れをしたり、造園や保全作業をする庭師も必要である。

このように、最初は寺に関連した形で、さまざまな人たちが寺の周辺に住むようになる。

やがて、かつて蓮如が築きあげた越前《えちぜん》（現・福井県）吉崎《よしざき》の「吉崎御坊」などから、門徒たちが団体でツアーを組んでやってくるようになる。すると、そういう人たちを接待する場所や、宿泊のための施設や、いまのコンビニエンスストアのように、いろいろな物を調えるための店も必要になる。

そして、たとえば、昆布の採れるところからは、昆布を抱えてやってくる人もいるだろう。海苔を抱えてくる人もいるだろう。養蚕《ようさん》のさかんなところからは、羽二重《はぶたえ》やさまざまな布を持ってくる人もいるだろう。穀物であれなんであれ、人びとはいろんなものをこの大坂の寺内町にかかえてきて、寺に納める志にしたり、物々交換をしたことだろう。

そうなると、取引をする場が必要になってくる。そこには自然に市場、バザールというものも誕生してくる。

やがて、僧侶の話を聞いたり、念仏を称えているだけでは満足できない、という〝不心得者〟たちもでてくるにちがいない。たくさん人が集まるようになってくれば、物見遊山《ものみゆさん》の楽しみとしてお参りをする人たちもいるはずだ。

そして、人が集まる場所で猿芸を見せたり、歌を歌ったり、能を演じて見せたりする芸人たちも増えてくる。もしかすると、軽く一杯、ないしょでお酒が飲めるような場所もあったのではないか、と私は勝手に想像してしまうのだが、こうして、次第にたくさんの人たちが寺内町で生活するようになる。

寺内町は、最初から寺の境内に町屋を包みこんでいて、広い意味では、町全体が寺の管轄する境内にある。そのため、国家や封建領主に対する年貢などの公租《こうそ》、つまり国税や地方税を免除されていた。これは当時、非常に大きなことだったといえよう。

また、そのころの戦国武将や大名たちは、商人や貿易商など富裕な者からどんどん借金をしていた。そのくせ、借りたお金が返せなくなると、「徳政令《とくせいれい》」という政令を出して、すべての負債を棒引きにしてしまうのだった。権力者の思惑ひとつで、いつでもこうした徳政令を行使されたのでは、お金を貸す側はたまらない。安心してお金を貸すこともできないのだ。

しかし、寺内町のなかではそういうことは絶対に起こらない。そのため、商人たちは安心してお金を貸すことができ、商業も金融も停滞することはなかった。

かつて荘園には「自検断《じけんだん》」または「自由の検断」という特権があった。検断というのは、刑事裁判権と警察権を意味している。いうなれば地方の荘園が、ある程度の司法と警察権を所有していた時代があったのである。

それと同じように、寺内町はある程度の検断の権利を獲得していた。悪事を働いた者を逮捕したり、裁いて処罰する権利が、寺の特権として与えられていたのである。

その意味では、寺内町は一種の「アジール」だった、ということもできるだろう。アジールとは、たとえば、世間でなにか罪を犯して逃れている者が、そのなかにはいってしまえば世俗の権力は及ばなくなるとか、夫の暴力に耐えかねて家出をした妻が、そこに逃げこんでしまえば夫も手がだせないとか、そういう駆けこみ寺のような場所のことだ。つまり、現実の原則とはまったく違う宗教原則によって成り立っている空間である。そういう面もあって、寺内町にはどんどん人びとが集まってきた。

もちろん、寺内町に集まった人びと、つまり真宗の門徒にとっては、ここには何か大きな精神的な支柱となるものがあったのだろう。

地獄のような乱世のなかで生きる人びとには、「生きて地獄、死んでも地獄」ではたまらない、なんとか救われる道がほしい、という切実な思いがある。それが真宗の信仰に結びつき、その信仰の拠点としての本願寺と寺内町があり、さらにそこに生活、商業、流通などが重なってくるのだ。人が集まるのも当然だといえよう。

そのうちに、寺の周辺にたくさんの建物が並ぶようになる。市場もできる。こうしてますます大きな町が形成されてくる。

さらに、当時横行していた夜盗、群盗、あるいは野武士といった人たちの侵略から、自分たちの生活を自衛するために、人びとは町を囲むようにして濠を掘り、土塁をつくり、あちこちに見張り塔を建てて外敵の侵入を防ぐようになった。夜になれば、鐘を鳴らして門を閉ざし、外からの出入りができないようにしたのだった。

おもしろいのは、寺内町の周辺に自分の田んぼや畑を持っている農民たちは、「出《で》働《はたら》き」という形で田畑に通勤していたことだ。朝、寺内町の門が開くと、農民たちは鋤《すき》や鎌《かま》や鍬《くわ》を抱えてでていき、外で一日農作業をして、夕方、陽が落ちると、鐘が鳴って門が閉まる前に帰ってきたらしい。これは、山科の寺内町などでも同じだったという。寺内町とは、そういう不思議な空間でもあった。

集まってきた人びと全員が「御同朋《おんどうぼう》」だった

寺内町について私が特に強調しなければならないと思うのは、第一に、そこに集まってくる人びと全員が「御同朋」だということだ。同朋とは、こころがひとつになっていて、念仏なら念仏という信仰を持った仲間同士のことを表す言葉である。かつて人権運動がさかんなころ、アメリカの黒人たちは互いに「ブラザー!」と呼びかけていた。それと同じように、「御同朋」という、人間はみな兄弟であるという同朋思想、一種のヒューマンな思想に支えられた信仰が寺内町にはあった。

第二には、人間が人間として認められる、とでもいえばいいだろうか。

蓮如が広め、根づかせた真宗の風土のなかには、「寺のなかでは武士もない。名主もない。貧しい農民も関係ない。みんなが念仏の前では平等である」という感覚がある。蓮如はさかんに「ものを言はぬはおそろしき」などといって、喋れ喋れ、とみんなに発言するように勧めてさえいた。

当時は、農民や労働者が、なにか少しでも批判がましいことをいおうものなら、自分の身の安全が危うくなりかねない時代である。

そのなかで蓮如は、いいたいことをどんどんいえ、質問があったら聞け、身分の分けへだてなく語りあえ、と奨励していた。そのため、寺内町のなかには、非常に自由な空気が漂っていたにちがいない。

それと同時に、人間というものは、ただ生きているだけではなく、自分が何者かである、という気持ちを持っていたいものだ。

蓮如は、社会から蔑視されていた人びとに、はじめて職業的なプライドというものを持たせた人だった、といえるだろう。それぞれが自分の職業というものをきちんとやり、そのことをいささかも恥じることはない、そして、こころのなかでは念仏をきっちり大事にしていけ、と蓮如は教えている。

「商業」の「業」という字は「ゴウ」とも読める。だから、商人というのは、商いをするという業《ごう》を背負った人たちだとも考えられる。

当時の社会では、物を生産せずに、売ったり右から左へ動かすことで利益をえるということは、ある種の業を背負っているという考えかたがあった。そのため、おそらく商業をする人たちは蔑視されていたはずだ。いまでも、そういう傾向が多少は残っているかもしれない。

商いをする人たちを軽く見る、人間として低く見るという空気のなかで、蓮如は御《お》文《ふみ》にはっきりこう書いている。

〈まづ当流の安心のをもむきは、あながちにわがこゝろのわろきをも、また妄念《もうねん》妄執《もうしゅう》のこゝろのおこるをも、とゞめよといふにあらず。たゞあきなひをもし、奉公をもせよ、猟すなどりをもせよ、かゝるあさましき罪業《ざいごう》にのみ朝夕まどひぬる我等ごときのいたづらものを、たすけんとちかひまします阿弥陀如来《あみだにょらい》の本願にてましますぞとふかく信じて（後略）》

こんなふうに、蓮如は商人は商いをもせよ、立派にちゃんとやれ、こころに信心を抱きつつ、猟師が獣を獲ることも、漁師が魚を捕ることも、これはこれでするがよい、と語りかけている。

商人や猟師にとって、自分たちがやっていることは罪深いことではない、死んだら必ず地獄に落ちるような行為ではない、阿弥陀如来は助けてくださる、と感じることは、生きていくうえで、どれほど大きな自信につながっていったことだろう。

真宗というのは、基本的に民衆の宗教である。蓮如がいちばん大事にした門徒というのは、当時の風潮のなかでは社会的には蔑視されていた人たち、「賤民《せんみん》」と呼ばれていた人たちだった。こういう人びとを蓮如は積極的に、あるいは集中的に教化《きょうけ》していった。そして、蓮如を支えたサポーターもそういう人びとが多かったのである。

一例を挙げれば、「海賊衆」とか「堅田の湖賊《こぞく》」といわれていた近江（現・滋賀県）の琵琶湖沿岸の人びとがいる。世間からは恐れられ、蔑視されていた彼らは、蓮如の熱烈なサポーターだった。

その他にも、蓮如が大事にしたのは定住民ではない人たち、すなわち非定住民が多かった。もともと商人の原形は流通労働者であり、非定住民である。

田を耕し農を営む人びとこそ、国家経営の土台であるというヤマト的思想は、非定住、非農耕の他の職業人たちを「賤民」として差別する傾向を生みだす。それは、イスラム・アラブ世界や、ルネッサンス期のヨーロッパにおいて、商人や船乗り、貿易商などが英雄視され、社会の尊敬を受けていたのとは正反対の思想である。

非定住民というのは、たとえば行商をする人たち、物流に携わる人たちだ。石垣を組む石工の人たちもそうだし、「山水河原者《せんずいかわらもの》」と呼ばれていた造園の下働きの人たち、遊芸人たち、さらに車借《しゃしゃく》、馬借《ばしゃく》などもそうだった。

車借というのは、あちこちへでかけていって、荷車で物を運んだり売ったり買ったりして利益をあげる人たちで、馬借は、馬を利用して物を運ぶ運送業者である。また、その他にも、船頭とか船員など船に乗る人たちや港湾労働者もいた。

こうした定住民以外の人たちは、ワタリ（渡り）とかタイシ（太子）などと呼ばれていた。

彼らはたくさん存在していながら、定住している「領民」という人たちに比べて、一段低く見られていたのだ。蓮如は、そういう人たちに積極的に教線を拡大していった。

真宗は、流民《りゅうみん》、すなわち「ホモ・モーベンス」ともいうべき流砂《りゅうしゃ》のごとき大衆に深く浸透し、サポートされた宗派だった。こういう人たちが蓮如の本当の同志であり、仲間でもあったのである。

共同体の建設が生きがいや喜びに

蓮如は大坂に来る前、山科に大きな本願寺を建立し、寺内町を構築している。これは、大名の屋敷などはるかにしのぐ贅沢なもので、さながら地上の極楽浄土のように豪華な寺院や建物は、「寺中広大無辺、只《ただ》仏国の如《ごと》し」といわれたほどだったという。

これを蓮如の華美好み、権勢願望の表れのようにいって、反発する人もいるが、私はその見かたには反対だ。蓮如がそのような開発や大工事、造営をした目的のなかには、そういう非定住の賤民たちが参加できる場をつくりたい、ということがあったのではないかと思う。

巨大な寺や庭園は誰が建て、町や水濠は誰がつくるのか。それは、社会からは蔑視されていたさまざまな職業を持つ門徒たちの手によったのではないか。

蓮如が巨大な本願寺の造営を図ろうとする。すると、蓮如という人に心酔して、念仏というものにこころを傾けている人たち、社会からは差別されている人たちは、仕事としてだけではなくて、大きなひとつの事業に参加したい、という情熱とともに駆けつけてきた。そういう人たちがいなければ、それは決して成り立つ事業ではなかった。

瓦を焼く職人たちは一所懸命に瓦を焼く。そのとき彼らは、これは将軍家の別荘のための瓦ではない、全国にいる何十万、何百万という門徒、自分たちのこころの兄弟である御同朋《おんどうぼう》が集まってきて信心を伝える本願寺の瓦であり、一枚一枚が信仰のあかしなのだ、と思っていたにちがいない。彼らはそういうふうに思いながら、一心不乱に瓦を焼いたのである。瓦で屋根を葺く職人たちも、高所での危険極まりない仕事をいのちがけでやりながら、自分はただ賃金をもらって、あるいは大名や守護代に強制されて屋根を葺いているわけではない、と思っていただろう。

素晴らしいものをつくるということは、人間にとって喜びであり生きがいである。意義のあるものに自分が参加するということは、人間にとって一生忘れることのできない喜びだといっていい。

そういうふうに、瓦を焼く人は瓦を焼き、屋根を葺く人は屋根を葺き、大工は鉋《かんな》で木を削る。百年でも五百年でも保つ寺をつくるぞ、とこころをこめて一所懸命に仕事をするのだ。彼らのすべてが、職人としてではなく芸術家となって献身的に作業をしたことだろう。細工師はこころをこめて細工をし、塗り師は精魂こめて仏壇を塗っただろう。

庭園をつくったのは、「山水河原者」といわれていた人たちだった。彼らは山などへいって石や苗木や植物を探して運んできた。さらに、彼らは造園業者として、築山《つきやま》をつくったり、池を掘ったり、石をバランスよく配置し、自分の美的感覚を最大限に生かすアートディレクションをして、この世の極楽浄土を庭園に描きあげた。

まさにルネッサンス期のイタリアの芸術家たちと同じような心境で、世間からは蔑視されている名もなき職人たちが、こころを傾けてその造営事業に参加したにちがいない、と私は思うのだ。

また、そこには石垣を組むための石工も、それらの道具の補給と修理にあたる鍛冶屋も、算術者という計算をするプロもいなければならなかっただろう。

こうした人たちの一人ひとりが、寺内町の建設という一大事業に貢献したのである。それはただお金のためなどではない。仏に布施《ふせ》する労役であり、自己の才能を発揮して大きな共同体づくりに参画する、創造するという喜びのためだったのだ。

そして、そのような喜びと生きがいを得られる場を蓮如は構想し、提供したのだと考えたい。

一方、そうした寺を造営するための資金がどこからでているかといえば、これが蓮如という人の非常におもしろいところで、彼はいやというほど〝サイン〟をして、自らの手で資金をつくり出した。

私もサイン会では、たくさんの人たちにサインをしている。それでも、せいぜい百人にサインをすると手が疲れて、「もうできない」といって悲鳴をあげてしまう。しかし、蓮如の場合は自ら「三国一の名号書《みょうごうか》き」と自嘲的に語っているほど、ものすごい数の名号を書いている。

蓮如は毎日毎日、「南無阿弥陀仏」「帰命尽十方無碍光如来《きみようじんじつぽうむげこうにょらい》」「南無不可思議光《なむふかしぎこう》」などのいろんな名号を、腕も折れよとばかりに書きつづけ、遠来の門徒たちにあげて志を受け取った。門徒たちは、それを押しいただいて自分たちの村に帰り、集落のなかで本尊として拝んだのである。

こういうものを蓮如は必死で書いた。自分の腕一本で、その生涯に何千枚、何万枚という膨大な数の名号を書いたのだった。

そうやって一所懸命に資金を貯め、蓮如のことだから、高利で運用したかもしれない。彼はそれを、山科本願寺や大坂御坊を建てる際の資金としたのだ。

蓮如は、決して権力からの庇護は受けなかった。たとえば、朝廷や将軍家から寄付をもらって寺をつくるようなことはしていない。大坂御坊をつくる際は、堺のほうの蓮如のスポンサーたちが資金面でも支援をしたらしいが、あくまでも「民営」なのである。

大阪の人からこんな話も聞いた。関東の成田空港は公団で運営しているが、関西空港の運営主体は株式会社である。つまり「関空《かんくう》」は民の仕事であって、上から予算を下ろしてくる公共事業ではない。現在でも大阪は民営による事業が多い、というのだ。

こうして、名もない多くの人びとの共同作業によって、大坂御坊は完成した。そのためにカンパをした全国の門徒たちや、そこで実際に汗を流して働いた人たちにとって、できあがった坊舎を見たときの感激はどれほど大きなものだったことだろう。

しかも、カンパをした門徒たち自身は、田舎で食うや食わずの貧しい生活をしている。それにもかかわらず、そのなかから出したお布施で立派な寺がつくられるということを、矛盾しているとは思わなかった。それは非常におもしろいと思う。

人間は誰でもアイデンティティを求める

ふと思い出したのは、旧ソ連が崩壊したあとに、ロシアを訪問したときのことだ。ちょうどそれは、ロシアがある意味での自由化、民主化を進めていて、ロシアの庶民たちはもっとも厳しい生活に直面していた時期だった。

人びとの暮らしは大変苦しく、それまでは国から年金を受け取っていた老婦人たちが、もう食べるものがない、と空っぽの冷蔵庫を開ける映像がテレビでは流れていた。

そういうなかで、ロシア正教の復活ということが、澎湃《ほうはい》としてあちこちで火山の噴火のように起こっていた。まばゆいくらい美しい教会の建物が完成して、市民生活の困窮とは裏腹に、ロシア正教の教会の壮麗さというものが、極端に目立った時期だったのだ。

ウクライナのほうの小さな村にいったとき、私は、村人たちのなんともいえない貧しい生活と、それとは強烈なコントラストを見せて丘の上に立っている教会の壮麗さに、矛盾を感じずにはいられなかった。

そこである老婦人に、「あなたたちはこういう暮らしをしていて、あんなふうなロシア正教の教会が建つということに、矛盾を感じませんか?」と聞いてみた。すると、彼女は「全然感じない」と答えた。「あれはモイ・ドームなんだから」つまり〝私たちの家〟だと彼女はいったのだった。そして、こんなふうに語った。

あれは私たちが自分たちでつくったものなのだ。いま私たちは非常に貧しい生活をしているけれども、ミサへいけばあそこで素晴らしい合唱も聴ける、素晴らしい説教も聞ける、生涯に二度と観られないような見事な美術品も鑑賞できる、こころの平和もえられる。

あれは私たちの病院であり、美術館であり、コンサートホールであり、家なのだ。だから、普段の生活がいくら貧しくても、教会が素晴らしい形で存在することは、私たちにはとてもうれしいことだ――。

ああ、そういう考えかたもあるのかと、私はそのとき、自分のいまふうの経済功利主義的な考えかたに、少し照れくさいような思いを抱いた。

おそらく本願寺も、全国各地の名もなき民草《たみくさ》の一人ひとりがこころをこめて運んできた物資、お金、あるいは労力、そういうものによってできあがっていったのである。報恩講《ほうおんこう》などの機会に、何日もかけてはるばる遠路から苦しい旅をして訪ねてくる門徒たちは、ふだんは孤立して寂しい生活をしているのだろう。しかし、ここに来れば、全国各地から集まってきた何千何万という「御同朋」、こころの兄弟たちに出会えるのだ。

彼らはそこにそびえる本願寺を見たとき、その巨大な屋根の何千枚、何万枚という瓦の一枚一枚が、同じ念仏を信じている仲間の気持ちの表れだと感じることだろう。そのとき、自分が孤独ではなく、大きな連帯感のなかに包まれているというこころ強さを覚えることだろう。

寺や教会が必要だという理由は、信者にとってはそれが、目に見える形での信仰のシンボルだからだ。

真宗の門徒たちが、自分は砂のごとき小さな存在ではあるが、念仏をする何十万、何百万という全国の人びとのなかの大河の一滴だ、という実感を持てるのは、本願寺の巨大な建物を見たときなのだ。

これだけたくさんの人たちが、みんなここに集まって来る、これだけの人たちが、みんなでこういうものを支えている。自分はそのなかの一滴、一粒の砂、一本の草だと考える。それが、その人にとってアイデンティティとなるのではないか。

蓮如は人びとにアイデンティティを与えたのだ。商人に、交通労働者に、海賊に、ありとあらゆる人たちに、あなたは人間として生きる値打ちがある、阿弥陀如来はあなたを救ってくださるよ、といったのだ。

このように、人間に精神的なアイデンティティを与えたということは、非常に現代的な意味を持つといえるだろう。自分は何に属していくのか、という不安な気持ちを抱いている人が、自分は本願寺教団の門徒であり、御同朋の一員であると考えれば、はっきりと個人としてアイデンティティを持てるからだ。

人間は誰でもアイデンティティを求める。自分が帰属するものを求める。デカルトの「我思う、故《ゆえ》に我存《あ》り」というのを少し変えていえば、「われ所属する、故にわれ存り」ということだと思う。自分は何者でもない、というのが人間としてはいちばん不安なことなのだ。

親鸞は「寺は大きくつくるべきではない」といった。道場のような形でよい、ふつうの民家よりわずかに軒が高いくらいの寺が正しいのだ、と教えた。それはそのとおりで、まさに親鸞はそういう生活をした人である。

しかし、私はあえて「大きい寺」を建てた蓮如の考えかたがわからなくもない。たくさんの砂のごとき職人や「賤民」たち、こういう人たちが一世一代の全情熱を燃やして、寺の造営工事に参加できるということが、蓮如にとっては大事なことだったにちがいない。

そういう人びとは、造営期間が終わればふたたび各地へ散っていき、また日銭を稼ぎながら苦しい生活をつづけていくのだろう。だが、彼らのこころのなかには、山科本願寺の瓦はおれが焼いたんだ、あそこの柱はおれが削ったんだ、という強い思いが残る。

かつて富山の黒部川の黒四ダムをつくった労働者たちに会ったとき、あのダムのセメント工事はおれがやったんだ、といまでも自慢する老人がいた。福岡の若戸大橋もおれが架けたんだ、と誇らしげに語る人がいた。

そうした大事業に参加したことが、その人たちの人生を支えるプライドになっている。蓮如は、大きな寺を建てることで、そういうプライドを持てる場を人びとに与えようとしたのだ、と私は思う。

「講《こう》」は農民たちの最高の楽しみだった

このようにして、蓮如がつくった大坂御坊、のちの石山本願寺を中心にして寺内町が成立していく。

次第に寺内町のなかには多くの人たちが住むようになっていく。そこから出働きにいく農民もいる。商人たちも外からはいってきて商いをする。流通の人たちもやってくる。女性も家内労働に従事して布などを織る。

また、薬草園もあっていろいろな薬草が育てられていた。当時の薬は、自然から採取した植物、薬草や本草《ほんぞう》を加工してつくられていた。これらは、おそらく中国大陸や朝鮮半島を経由して日本に伝わった技術だが、製薬ということもさかんに行われていたのだろう。おそらく、北陸の富山あたりの行商の人たち、「富山の薬売り」といわれていた人やそれに関係する人たちも、大坂の寺内町にたくさん出入りしていたにちがいない。

そんなふうにして、寺内町のなかでは農業もあり、それから商業、交易、流通ということがあり、織物や薬などの製造もさかんに行われていた、と考えることができる。

そこで大きな問題になってくるのは、本願寺がある意味で守護代領主の役割を果たすようになって、徴税の代わりにお布施を集めた、ということだろう。

この二つは決定的に違う。というのは、徴税が強引な武力と権力で強制されるものであるのに対して、お布施は、納めなければ「信心が足りん。それでは極楽へはいけんぞ」といわれるくらいで、むしろ「もっと一所懸命お寺にお世話になって、あの世で極楽へいこう」と喜んで納めようとするからだ。これは、門徒にとっては自発的な行為で、武力による強制ではない。

つまり、苦労してたくさんのお布施を寺に納めたことで、その人は「ああ、よかった」と思う。これで自分の死後は保証された、自分はいいことをしたと感じることができるのだ。そのため、三度の飯を二度に減らしてでも、お布施を納めて深い満足を得ようとしたわけだ。

いま、はたして私たちは税金を払って、深い満足を感じるだろうか。おそらく、感じるという人は少ないだろう。お金を出す側に満足感があるか、それとも恨みが残るか。そこが決定的に違っている。

結局のところ、なぜ領主に租税を払うかといえば、その代わりに生命と財産を守ってもらうためだ。だが、守ってくれるはずの領主は、しばしば武力によって領民たちの生命と財産を脅《おびや》かした。

それに対して、寺内町の人たちは、寺にお布施を納めることによって安心立命《あんじんりゆうめい》を得ることができる。しかも、寺内町では大名の借金を棒引きにするような徳政令は認めないし、「自検断」といって警察権と司法権も持つ。自衛力も持っているから、夜盗などの群れから町の人たちを守ってくれる。

このように物心両面ともに保護してくれるのだから、寺内町にたくさんの人びとが集まり、そこに巨大な都市が形成されるのも当然だ、といわねばならない。

それ以前には、農村という形さえも十分に形成されていなかったことを考えれば、それがいかに画期的なことだったかがわかるだろう。

そもそも一種の自治的な組織として、農村という形をとってくるのは、蓮如のころに「惣村《そうそん》」とか「惣」というものが成立してからである。

それまでは、荘園を支配する守護代、あるいは出先の役人がいて、人びとは彼らに支配され、使役されているのが実態だった。全部が小作人のようなものだったといえるだろう。

そのなかで、次第に自分の畑を持つ者もでてくる。農民同士が話しあって、自分たちで収穫の日取りを決めたり、共同作業をするようになる。農道をつくろう、と労働力を出しあったり、秋祭りや雨ごいの祭りなどでは、こういう内容をこういう順番でやろう、という相談もするようになっていく。

こうして、農村のなかに、役人から支配されるのではない、自治的な相互扶助の組織ができあがる。それを惣村といった。

つまり、当時の村々は惣村という単位でかたまっていた。そこへ蓮如は進出していって、惣のなかに「講《こう》」を持ちこんだのである。

講そのものは、すでに平安時代からあったらしい。それは、同好の士が寄り集まって、定期的に月一回とか二回とか語りあったり、信心を深めあったりするものだったということだ。

蓮如はその講というものを、非常に強く奨励した。講の場では、身分の上下や老若男女のへだては一切なかった。そこでは自由に話をするがいい、ただし、信仰以外の話は慎め、と蓮如はいっている。

当時は、人が集まって自由に語りあうとか、信心を深めあうということも珍しかった。しかも、阿弥陀如来の前では平等だということで、商人も武士も村の有力者も、一緒になって語りあう。

そのこと自体がすでに革命的だったのだが、蓮如はさらにそこへ楽しみというものを、エンターテインメントという要素を持ちこんだ。猿楽《さるがく》、能楽、茶の湯、他にもいろいろなものがあった。

いまでも福井のほうでは、講のときにそれぞれが自分の茶碗を持って出かけるということだ。蓮如の時代にも、門徒たちが集まってみんなでお茶を飲み、お新香を食べながら語りあったのだろう。やがて、少しは季節ごとのご馳走もでるようになったのだろう。酒も少しはでたかもしれない。みんなで「正信偈《しょうしんげ》」を唱和したりする前後には、宗教以外の話題もでたことだろう。

次第に講というものは、農民たちにとって生活のなかでの唯一のエンターテインメントになっていく。みんなと語りあってお茶を飲んだり美味しいものを食べる。そういう機会をかつて持てなかった人にしてみれば、それは最高の楽しみだったにちがいない。

講という場を持った当時の農民たちは、その後の徳川幕府の時代の農民たちと比べても、どれほどいきいきしていただろうか、と私は思う。

身分制度を超えて誰でも自由にものがいえる。これは、その当時としては画期的なことだった。そのため、まるで燎原《りょうげん》の火のごとくに講は全国に広がっていった。津波のようにものすごい勢いで、真宗の教えが念仏とともに広がったのだ。

蓮如が個人で、しかも後半生の何十年かであれだけのことができたというのは、私にはちょっと信じがたい気がする。不思議でしかたがないほどだ。

というのも、キリスト教などは、日本に渡来してきてから四百五十年もかかって、あれだけ努力をして、やっといま信者は日本の人口の一パーセント足らず、百万人程度だといわれている。

蓮如は、あの時代にみんながいっせいに求めていたものに応えた。だからこそ、そこに人びとが殺到したのだろう。

蓮如という人がすごかったのか、その時代に彼が選ばれた人だったのかはわからない。いずれにせよ、蓮如があの時代にもっとも適した人だった、ということは間違いない。

戦国大名をおびえさせた「念仏」のネットワーク

その蓮如の死後も、大坂は石山本願寺の寺内町として栄えた。寺内町において、ある意味では領主のような本願寺と市民たちとの間は、一方的に服従・被服従の関係で結ばれたものではない。人びとは信仰と自由とを求めて、あるいは連帯を求めてそこに集まってくるのだといえよう。

本願寺のほうでは、その人たちの希望をつなぎ止めておくような形で、一所懸命に寺内町を維持しなければならない。寺内町の市民のほうも、自分たちがここで暮らしていけるというだけではなく、全国の門徒の精神的な支柱としての本願寺を維持するために、やはり一所懸命につくす。

そして、石山本願寺が織田信長と真っ向から対立して、窮地に陥ったときには、いのちを投げだす覚悟で、各地から本山にはせ参じた門徒たちがいた。

信長の大軍に対して、およそ十年間、石山本願寺が難攻不落の守りを固めることができたのは、石山本願寺単独ではなく、それをサポートする各地の寺内町の強力なネットワークがあったからである。

石山本願寺の前には山科の寺内町があった。その前には越前の吉崎の寺内町があった。つまり、石山本願寺の寺内町は、寺内町として相当の実績と歴史を積んできて完成されたものであり、寺内町の成熟期に当たるものだったといっていい。

それは素晴らしい寺内町であり、人の数も店の数も多く、活況を呈していたことだろう。経済活動、流通活動、生産活動も活発に行われていただろう。

すると、それを模倣するようにして、周辺のたくさんの寺々がそれぞれ寺内町を成立させていく。あるいは、いまでいうフランチャイズのように、本家である石山寺内町が積極的にバックアップして、ノウハウを教えたり資金的な援助をする。

石山本願寺の寺内町をモデルにして、富田林《とんだばやし》、貝塚《かいづか》、高槻《たかつき》などに、数多くのミニブランチ（支部）が成立していった。畿内だけで、最盛期には十数カ所の寺内町があったらしい。

寺のある所に寺内町が成立し、それぞれが経済的活力と自衛力を持つようになってきて、そこから資金があがってくる。河内《かわち》、摂津《せっつ》、和泉《いずみ》、大坂界隈だけでなく、三河門徒といわれる東海地方や、北陸の新潟、富山、石川、福井、さらには安芸《あき》門徒といわれる広島や九州。全国各地で、それぞれが大なり小なり寺内町のスタイルをとって、真宗の共同体を形成していったのだ。

このようにして、全国的に寺内町のブランチ・ネットワークが繁栄し、それを維持するようになってくると、もはや無視できない勢力になる。なぜなら、そのネットワークはボーダーレスだからだ。「念仏」という一点で、国境を越えてしまうのである。いい換えれば、そのネットワークは、大名が支配する領国制《りようごくせい》というものを超えてしまう。中世日本において、征夷大将軍の権威とはまったく別の宗教の王国が、ひとつの共和国が日本にできあがったのと同じことだといえるかもしれない。

そして、それぞれの寺内町では、地方のブランチでさえも、石山本願寺の寺内町と同じ扱いを受ける権利を持ち、免税措置がとられていた。本願寺の本山のほうで、地元と折衝して、その権利を強引に取って与えたのである。

寺内町の勢力が大きくなってくると、領主に納めるべき年貢米を、寺に納める人たちもたくさんでてくる。そこから守護代との衝突がはじまる。うちは門徒だから寺に払っている、おたくには税金は払わない、と領民たちがいいだすのだ。

これは、守護代にとっては大きな頭痛の種だった。税金を払わないなら田畑を取りあげるともいえず、逆に一揆を起こされるのが恐いので、泣く泣く徴税をあきらめる、という現象まででてきた。

織田信長にとって、あるいは豊臣秀吉や徳川家康にとって、このことはどうしても見過ごすわけにはいかなかった。

封建制度のボーダーを超えて、ボーダーレスな共和国がもうひとつ成立することは許せない、日本はひとつでなければならない、政治権力の主はひとりでなければいけない、と彼らが考えたのは当然だ。

当時、「一向宗門徒」と呼ばれていた真宗門徒による一揆は、「一向一揆」として権力者に恐れられた。権力者にとっては、一向宗門徒が、死後に極楽浄土で何かをするというのであれば、それはそれで別にかまわない。

しかし、彼らが現世《げんせ》で生きている間に、領国ではなく「仏法領《ぶつぽうりよう》」という目に見えない国をつくって、そのなかで現実的に、流通から経済から人の交流までを仕切っていくようになっては非常に困る。そうなると、大名や将軍の権威というものが、まったく通用しなくなってしまうからだ。

現にモデルケースとして、北陸の加賀では一向一揆がくり返され、権力者を認めない門徒と武士の集団支配というものが、百年近くもつづいていた。加賀は「百姓《ひやくしよう》ノ持《もち》タル国《くに》」と呼ばれ、当時の守護大名たちにとっては恐怖の的になっていたのである。

寺内町は情報センターでもあった

このように、各地に誕生した寺内町のブランチ・ネットワークを通じて、大坂には人もはいってくる、物資もはいってくる、鉄砲など最新鋭の兵器もはいってくるようになった。

そのなかでもっとも大事なのはなにかといえば、「情報」がものすごい勢いではいってくることだ、と私は思う。

かつてイタリアのフィレンツェにいって、なぜフィレンツェがヨーロッパのルネッサンス期にあれほどの栄華を誇ったのか、ということを調べていたとき、こういう話を聞いたことがある。

フィレンツェでは、繊維産業からやがて金融業がさかんになって、メディチ家がヨーロッパ全土の王侯貴族や国に対して融資を行うようになった。すると、ヨーロッパ中の支店から、つねにフィレンツェに対して最新のヨーロッパ情報が流れこんでくる。それを掌握できたということが、フィレンツェという都市の繁栄の土台になった、というのだ。

それは、イギリスの大資本家であるロスチャイルド家などにもいえるだろう。彼らはヨーロッパの各地に支店を置いて、つねに現場から最新の情報を収集する努力を怠らなかった。そのために、ヨーロッパ金融界の一大勢力となることができたのである。

石山本願寺の寺内町も、ある意味では中世の日本のなかの流通の先端であり、租税が免除されているという点ではひとつの楽天地であり、身分差別をほとんど感じさせないような都市だった。そのなかには自由な空気が流れており、多種多様な人びとが集まってきた。

それと同時に、石山の寺内町は、おそらく中世における情報のセンターだったと思われる。これは、どうしても見落とすことのできないことだろう。

要するに、情報をしっかりと把握して、そのうえに物質的・人的ネットワークを持っているため、あの信長でさえも石山本願寺攻めには手を焼いて、ついには朝廷に和《わ》睦《ぼく》を頼む、ということになったのだった。

ただし、各地に生まれた寺内町が、必ずしも百パーセント石山本願寺に対して忠誠を誓ったわけではなかったらしい。寺内町の市民たちも、それぞれの保身というものを考えるからだ。殉教してもいい、というような純粋な信仰者だけが集まっているわけではなく、生活者の集まりだったというべきだろう。

戦乱の世に登場した信長は、武力によって他の大名たちを圧倒し、領民たちを強烈に支配し、あるいは蹂躙《じゅうりん》していく。そうしたときに、もし信長と対立する石山本願寺に味方して、それまで許されていたことがすべて許されなくなったとしたら、町はやっていけなくなる。

信長はそこを利用して、各地の寺内町に対して、自分の側について本願寺のネットワークから抜ければ、逆に本願寺並みかそれ以上の待遇を与える、と約束したのだ。そのために、各地の寺内町のネットワークが少しずつ崩れていく。信長はそういう切り崩しを実際に行っていった。

『信長公記《しんちょうこうき》』によれば、信長は、憎むべき敵だったはずの城塞化した石山本願寺に対して、「大坂はおよそ日本一の境地なり。（中略）西は滄海漫々《そうかいまんまん》として日本の地は申すに及ばず、唐土高麗南蛮《もろこしこうらいなんばん》の舟海上に出入りし、五畿七道《ごきしちどう》を集めて売買の利潤富貴《りじゅんふうき》の湊《みなと》なり」と絶賛さえしている。それだけ、大坂を手に入れることを熱望していたはずだ。

信長は一向宗門徒に対して徹底的な弾圧をした。ただし、彼らが使っていた鉄砲や、寺内町のなかにある自由な空気、活発な商取引、楽市楽座のモデルになったと想像できる流通のシステムなどには真っ先に目をつけて、これは採り入れなければいけないと思ったのだろう。その意味では、信長はじつに開明的な、卓越したセンスを持った権力者だった。

そこで邪魔になるのが本願寺であり、信長は本願寺と門徒を排除しようとした一方で、寺内町が発明した優れたシステムはすべて取りこもうとしたのである。

その信長でさえ、石山本願寺攻めには十年もかかった。そのことは、当時の石山本願寺が持っていた軍事力の強大さと、世俗の権力に対抗しようとする宗教的連帯感の強さを物語っているだろう。

その後、秀吉も信長の路線を受け継ぐことになる。ただし、秀吉はそれを城下町として取りこむことに成功した。とりあえずそこで楽市楽座のようなものもやり、商業の発展に助成金も出し、免税措置もとり、市民たちの自治もある程度は認めたのである。

信長亡きあと、秀吉は大坂（阪）城を築城し、大坂の町の流通と商業経済発展につくす。そのため、しばらくすると、かつて石山本願寺の寺内町に住んでいた人たちが戻ってきて、今度は城外に自分たちの店や住居をかまえるようになる。彼らはいい待遇を受け、大坂の町はますます栄え、大きくなっていった。それが、現在の大阪にいたる大発展の元になった、ということだろう。

現在、大阪城内は公園になっているが、天守閣を除いた城の周辺は驚くほど広い。これだけ広いものが台地の上にあり、それがかつては寺内町だったということを考えると、その繁盛ぶりや活気が目に浮かぶような気がする。

その寺内町が城下町へと変質するのだが、町の人たちはきっと、城下に位置しても、寺内町にいたころの自由闊達な気風は忘れなかっただろう。城を見あげながらも、別に城に拘束されているわけではない、という心中の思いを大事にしながら、活発な商業活動をつづけていったことだろう。そんなふうに私は想像したい。

城下町になったからといって〝城下町根性〟になったということではない。たとえ城下であっても、そのときの大坂の人たちのこころの奥底に記憶され、まぶたの裏に映っていたのは、大坂城ではなく、かつての石山本願寺のすがただったのではないだろうか。

歴史から忘れられてゆく寺内町の存在

その寺内町が、日本史のなかではほとんど忘れられている。なぜかといえば、寺内町が真宗寺院を中心に発展したものだということで、「宗教」という色がつくのを恐れて、研究者が避ける傾向があるからだ。寺内町の発展を支えたのが民衆の信心であり、そこに浄土真宗という宗教が不可欠なものとして存在しているために、学者が正面から取り組むのを躊躇《ちゅうちょ》してしまうのではないか、と私は推測している。

あまり学界では報われない研究テーマなのかもしれない。そのなかではわずかに、大谷《おおたに》大学や龍谷《りゅうこく》大学の先生がたや、多少なりとも真宗と関係のある学者のかたがたが地道に研究をつづけている。

じつは、蓮如も同じような扱いを受けている。

たとえば、ここで「日本の百人」を選ぶような企画があったとしよう。必ず名前が挙がる福沢諭吉などと一緒に、浄土真宗の開祖である親鸞は選ばれたとしても、おそらく蓮如は百人のなかにははいらないだろう。

しかし、実際には、日本の民衆の生活に大きな影響を及ぼしたということでは、蓮如はなんといってもナンバーワンだ。

たまたま平成十（一九九八）年に蓮如の「五百回忌」があったり、私が戯曲『蓮如—われ深き淵より—』を書いたことが非常に珍しがられたり、少し話題になったこともあるが、やはり、学界ではまだその存在を認めたくない、というところがあるのだろう。

蓮如の時代には、大ざっぱにいうと禅宗は武家、天台宗は朝廷、日蓮宗は商家を中心とする層に支持されていた。商家というのは、ある程度の資産を持って商売をやっている家である。それに対して、真宗は農民をはじめとして非定住民や職人など、つまり社会での階級がいちばん低いとされる人たちの間に広がった。

親鸞は確かに素晴らしい人ではあったが、親鸞だけなら、真宗は滅びていたか、門徒は全然増えなかっただろう。蓮如と親鸞の違いはそこにある。

しかし、いまや蓮如が礎を築いた大坂だけでなく、全国各地の寺内町の存在自体が、歴史からもほとんど忘れられているといっていい。

そこで、寺内町が集まって、寺内町としての誇りを持ち、その伝統を互いに確認しようという目的で、平成八（一九九六）年十二月一日、「寺内町シンポジウム」という催しが開催された。私も「基調講演」として話をさせていただいた。主催は奈良県橿《かし》原《はら》市と橿原市教育委員会、場所は橿原市今井町である。

このとき配布されたチラシを見ると、寺内町の分布として、堅田、越前吉崎、山科本願寺、石山本願寺、長島願証寺《がんしょうじ》、大津顕証寺《けんしょうじ》、越中古府《こふ》、越中井波《いなみ》、城端《じょうはな》、近江山田、摂津富田、枚方《ひらかた》、久宝寺《きゅうほうじ》、八尾《やお》、大ヶ塚《だいがつか》、富田林《とんだばやし》、貝塚《かいづか》、今井、一身田《いっしんでん》、平野郷、鷺《さぎ》ノ森《もり》、下市願行寺《しもいちがんぎょうじ》、上市《かみいち》本善寺、金沢御坊の計二十四カ所が地図に記されている。

かつて繁栄した寺内町のブランチ・ネットワークを、数百年後の現代に蘇らせよう、というおもしろい試みだった。

シンポジウムが開催された今井町は、十四世紀に、奈良の興福寺《こうふくじ》の荘園として「今井庄」という名前が記録に残っているという古い町である。

しかし、今井町が世の中に知られるようになったのは、十六世紀前半、本願寺系のユニークな寺内町として、自治都市化が進んでからだったという。真宗の門徒が御坊、のちの称念寺《しょうねんじ》という寺を開き、本願寺のネットワークと連携して新しい町づくりをはじめた。そして、自衛のための武力を養い、濠をめぐらせ、都市計画を実施したのである。

その後、石山本願寺が織田信長に抵抗して、長年にわたって戦いつづけるのに対して、今井の寺内町は、信長に降伏する道を選んだ。そして、大坂や堺などとも交流がさかんになり、商業都市として変貌を遂げ、江戸時代には大いに栄えたという。

今井町を実際に歩いてみると、かつて最盛期には「大和の金は今井に七分」とかいわれていた、というのも納得がゆく。いまでも大半の民家が江戸時代以来の伝統様式を保っていて、三百五十年前のものもあるそうだ。

江戸時代初期には東西六百メートル、南北三百十メートル、戸数は千二百軒、人口四千数百人を擁していたという。そして、町の周囲には環濠《かんごう》と土塁が築かれていた。今井町は、九つの門に囲まれた堅固な城塞都市だったのだ。

橿原市といえば、神武《じんむ》天皇をまつっている橿原神宮のお膝元でもある。神武天皇、綏靖《すいぜい》天皇、安寧《あんねい》天皇などの陵墓《りょうぼ》もあり、いわば、かつての神国日本の中心地だったとさえいえるだろう。そこに、新仏教の自治都市である寺内町が築かれて栄えた、というのもおもしろい。

炎上して灰燼《かいじん》に帰した石山本願寺の寺内町は、いったいどのようなものだったのだろうか。当時の絵図は、後世の写しを含めて、残念ながら一枚も発見されていないそうだ。そのため、さまざまな文献史料から推測するしかないのだが、往時の寺内町の面影を残す今井町の家並みや建物を見ていると、石山の寺内町は、この今井町以上に多くの人びとが集まり、活気に満ちた都市だったのだろうと想像される。

「商人道」の背景にあるもの

蓮如という人は、親鸞に比べて知識人には評判が悪い人物である。

親鸞の意志をねじ曲げた、と批判する人もいる。純粋な思想家である親鸞に対して、世俗的な成功者だという人もいる。「マキャベリスト蓮如」として語られることもある。

しかし、彼は新しい信仰の共和国というものを一代で築きあげた。その意味ではやはり、大変な人だったと私は思っている。

寺内町の気風というのは、ドイツの社会・経済学者マックス・ウェーバーが提唱した職業の尊さや勤勉さを重視する思想、キリスト教のプロテスタントの人びとが宗教的倫理観や生活信条としたものと、ある面では非常に類似しているといわれている。

たとえば、真宗の門徒たちは、お酒はあまりたくさん飲まない。賭事もあまりしない。無用の殺生《せっしょう》はよくないということで、生活のためにする殺生と趣味のためにする殺生とを分けて、趣味の魚釣りや狩猟はしない。

さらに、非常にピュアな真宗の家庭では、七五三のお祝いなどやらないし、門松も立てない。それは、真宗が日本の仏教のなかでは珍しい選択的な一神教だからである。

一神教でも、キリスト教やイスラム教的な一神教とは違っている。真宗では、たくさんの仏さまや菩薩《ぼさつ》や如来も認める。そのなかで、貧しい者や弱い者、罪深い者にもっとも愛情をかけてくれる女性的で優しい阿弥陀如来を自分たちは選んだ、ということで「弥陀一仏《みだいちぶつ》」というのだ。その意味で、選択的な一神教だといえる。

本来の姿勢は一神教なのだが、蓮如は「諸神諸仏、菩薩を軽んずべからず」と強くいった。みなが頭を下げるときには頭を下げればいい、大事なことはこころの中できちんと念仏というものをすることである、といった。そして、自分が弥陀一仏を頼りにしていることを、こころの中でしっかり守ってさえいればいい、この人に頭を下げろといわれたら頭を下げろ、領主に税金をよこせといわれたら、税金はきちんと払って世間の義理もちゃんと果たせ、ともいっている。そのため、原理主義的な親鸞主義者たちからは、蓮如は堕落した、と批判されている。

しかし、蓮如は、生活を壊して信仰というものはありえないと考えたのだ。そして、生活と信仰の一体化ということを非常に大事にした。

商人という職業、漁師という職業、あるいは海賊と呼ばれた人たち、遊女といわれた人たちも、どうしてもしかたがなければ、それをつづけながら念仏を忘れなさんな、というようにいう。

親鸞の師匠にあたる法然《ほうねん》という人は、遊女が「自分はこういうふうにして身体を売って罪深い生活をしています。こんな人間には念仏をする資格はないのでしょうか」というのに対して、「できればしないほうがいいけれども、できないのだったら、その生活のままでも念仏をしなさい」と教えた。これも、当時は驚愕すべきことだった。それに対して、蓮如はもう一歩進んで「商いをもせよ、奉公をもせよ」といったのである。

ここでの「奉公」というのは、侍に雇われて下働きの足軽などになって、自分の信念とは関係なく敵兵を殺すことを意味する。こうした下級武士の彼らは、戦争にでては人を殺したりいろいろなことをやってくる。そのため、自分の行為は罪深いものであり、死後は地獄へ落ちると思っていただろう。

しかし、蓮如は、兵隊は兵隊でいい、漁師は漁をしていい、商人は商売をしなさい、ただ念仏を忘れるな、といったのである。ひたすら阿弥陀仏一仏だけに帰依すれば、誰でも浄土へ往生できる、と蓮如は説いた。罪深い身とされていた女性も成仏できる、と説いた。特に、職業というものをきちんと公認したという点で、蓮如の果たした功績は非常に大きかったと思う。

蓮如が「商人は商いをもせよ」といったことで、商人は自分の商いにいそしみつつ念仏をする、というふうになっていく。

大阪の人たちのモラルということを考えたときに、もし「武士道」に対する「商人道」という言葉があるとしたら、私は、その背景には蓮如の言葉の力強さというものが、深いところで影響しているのではないか、という気がする。

蓮如という人は物に対する執着もあまりなく、話を聞きたいという人が二人でも三人でもいれば、草鞋《わらじ》を履いて、足にはマメをつくりながら、山の反対側まで話をしにいったといわれる。若いころはそういう日々がつづいた、と彼は自分の子供たちに話している。また、自分ほどたくさん揮毫《きごう》した人間はいないだろう、と平気で自慢もしている。

そんなふうに自慢をする人間は気にくわない、と反発する人も確かにいるだろう。しかし、蓮如のように、八十五歳で亡くなる直前まで布教のために力をつくした〝おじいちゃん〟が、そういう自慢をするのはむしろ可愛いし、人間味があるのではないか。私は蓮如のそんな人間くさいところが好きだ。

親鸞は「聖人《しょうにん》」という敬称をつけて呼ばれることが多い。この言葉には、立派な人だけれど、ちょっとつきあいにくいというニュアンスが感じられる。一方、蓮如は

「上人（しょうにん）」だが、門徒たちはふつう、「蓮如さん」と親しみをこめて呼ぶ。

人びとは五百年前の宗教家である蓮如という人を、その論理によってではなく、たぶんその人間としての存在感、つまり伝説とかいい伝えとかさまざまなエピソードによって記憶しつづけて、思慕の情を抱いている。だから、五百年後のいまでも「蓮如さん」と呼びつづけているのだろう。

これは、蓮如という人の体温をみんなが感じている、ということかもしれない。いい換えれば、蓮如から伝わってくる「情《こころ》」が、連綿として五百年以上生きているということだ。

宗教というものを考えるとき、その倫理とか論理とかどういうご利益があるかということではなくて、もう一度、そのなかの人間のこころみたいなものを見直していく必要があるのではないか、と私は思う。

現代に息づく「同朋《どうぼう》意識」と信仰心

大阪の人たちの記憶の深層を探っていくと

大阪という町は、これまでいつも、東京を軸として、東京に対するカウンター・カルチャーのような感じで論じられてきたのではないだろうか。大阪の人たち自身も、東京に対抗意識を燃やしつつ、大阪の独自の文化を称揚するという感じが強い。

私は九州出身なので、〝東京派〟でも〝大阪派〟でもない。九州出身といっても、生後間もなく当時の植民地だった朝鮮半島へ渡って、ソウルとピョンヤンの小学校に通った。敗戦後は、三十八度線を徒歩で越えて、日本へ引き揚げ者として帰ってきた。

中学・高校は福岡で過ごし、大学は東京。現在は横浜の住民だが、金沢と京都にも一時期住んでいたことがある。

こういう体験の持ち主なので、冗談まじりにいつも〝在日日本人〟と自称している。その在日日本人の目から見ると、九州も大阪も東京も、比較的フラットに見られる。東からでも西からでもなく、東アジアの位置から日本を見ることができるのだ。

そんなふうに外から大阪を見ていると、ときどき疑問を感じることがある。それは、大阪の人たち自身が、大阪をこんなふうに思ってもらいたい、あるいは自分たちもそう思いこもうとしている、というものがあるのではないか、ということだ。たとえば、〝吉本興業的〟な笑いを東京の対抗軸として出してくることもそうだ。そういうステレオタイプな大阪人気質というものが、あまりに強調されている、といってはいいすぎだろうか。

逆に、東京の人たちが大阪について語るときは、いささか揶揄《やゆ》するような口調になることが多い。そこには東京人の微妙な優越感が感じられるのだが、少しでも歴史を学んでみれば、東京の人が上方《かみがた》に対して優越感を持つなどということはありえない。

それと同じように、大阪の人たちが東京に対して対抗意識を燃やすということは、まったく必要のないことだ、と私はいいたい。

よそ者がえらそうに何をいうのだ、と叱られそうだが、よそから来た人間が大阪を外から見るからこそわかることも、きっとあるにちがいない。

というのも、私は、柳田国男《やなぎたくにお》の『遠野物語《とおのものがたり》』の舞台である遠野を何度か訪れているのだが、どうも最近は、遠野の人たちや町自体が『遠野物語』をモデルにして、遠野という町を整備しつつあるのではないか、という気がしてならないのだ。

本来、遠野にあった物語が、佐々木喜善《きぜん》という地元の人によって柳田国男に伝えられた。柳田国男はそれに非常に興味をおぼえ、優れた文学作品として『遠野物語』をつくりあげた。

これは、奇跡的といっていいくらい素晴らしい仕事であり、いままでこの作品は多くの人びとに読み継がれてきた。だが、遠野のおばあちゃんの口から、遠野の方言で子供たちに向けて語られる話の内容と、柳田国男がひとつの文学作品として完成させた『遠野物語』との間には、私たちが想像している以上の相違があるはずだ。

気になるのは、『遠野物語』という作品が柳田国男の名前とともに大きな権威となり、名作として世間に流布していくと、今度は逆に地元の人びとが遠野の原形を忘れて、あるいは故意に無視して、『遠野物語』にでてくる遠野のすがたに現実の遠野の町のほうを合わせよう、という意識が働きはじめることだ。私は遠野へいったとき、実際にそういう危惧《きぐ》を感じたのだった。

そういうこともあって、私はこの十年来、自分が大阪について漠然と考えていたことが、じつはちょっと違うのではないか、と思うようになった。大阪という町について一般にいわれているイメージの底のほうに、まったく新しい大阪、あるいはこれまで取りあげられなかった大阪のすがたが、ひょっとすると見えてくるのではないか——。そんなふうに考えるようになったのである。

そこで、「大阪は宗教都市である」という仮説を立ててみた。大阪に対しては、誰もが「商業都市」のイメージを持っているだろう。大阪が「宗教都市」だというと、たいていの人は驚くか、意外に思うはずだ。そんなものは小説家の妄想だよ、と失笑されるかもしれない。

しかし、大阪の人たちの記憶の深層を探っていくと、五百年前の蓮如の時代から伝わってきている宗教心というものが、じつは息づいているのではないか、と思えてくる。

もちろん、現在の大阪の人たちにそう聞いてみても、そんなことはないというだろう。蓮如に対しても、ほとんどの大阪人は無関心だろう。ただし、それは意識されていないからこそおもしろい、と私は思っている。人間が意識したものを伝えたところで、たかがしれている。

人間の行動として最後に残るのは「無意識の記憶」である。たとえば、それが悲しみの記憶である場合、韓国でいう「恨《ハン》」になる。私が「記録は消えても、記憶は残る」というのはそういうことだ。

最後のところで人間を動かすのは、自分では気づかない無意識の記憶である。無意識の恐怖とか、それに似たものを私たちはたくさん背負っている。

たとえば、私は仏教徒だから、本当は神社の交通安全の御守りを持っていてもしかたがないのだが、いらないからといって簡単にごみ箱に捨てることができない。ただの布袋と紙切れだとわかっていても、捨ててしまうのはなんとなく気が引ける。これは、神の教えを大事にしろ、神仏を軽んずるな、という無意識の記憶だろう。

蓮如は、真宗の念仏の信仰心を生活のなかに根づかせて習慣化しようとした。習慣化することによって、ちゃんと学べない人も、学ぶのがきらいな人でも、いやでもそれが刷りこまれていく。

私たちは、食事をする前に「いただきます」と感謝の言葉をいう。そうやって口に出していうことで、無意識のうちに感謝をするようになる。それと同じように天地万物に感謝して念仏を称えれば、仏恩に感謝するようになるということだ。

蓮如は人びとに朝夕のお勤めを勧めた。朝起きると、習慣のように仏前にお水をあげ、チンと鈴《りん》を叩いて念仏する。朝夕必ずそうすることが大事なのだ、と蓮如はいっている。

大阪人の合理性と親鸞の思想との関係

『大阪学』『大阪学　続』（いずれも新潮文庫）という非常にユニークな本がある。著者は、帝塚山《てづかやま》学院大学学長の大谷晃一《おおたにこういち》氏である。

これは、大谷氏が大学の講義で話したことをまとめたものだそうだが、地元の大阪以上に東京のジャーナリズムに大いに受けて、一躍「大阪学」の名は全国的に有名になった。

じつは、最初にこの本が売れはじめたのは、新大阪駅にある本屋だったそうだ。つまり、大阪と東京とを行き来している人、大阪へ仕事で来るサラリーマンや転勤者などによく読まれたのだ。さらには、大阪勤務の新入社員の研修用テキストとしても使われているらしい。

私もこの本は大変おもしろく読んだのだが、生意気にも、大谷氏に異を唱えた部分がある。

それは、『大阪学　続』の巻末の「大阪人の大阪意識」のなかの一節だ。ここで引用されている「全国県民意識調査」は、NHK放送文化研究所世論調査部が平成八(一九九六)年六〜七月に実施し、翌年一月に結果概要をまとめたものだそうだ。各都道府県から九百人ずつを選び、実際に二万九千六百二十人の人たちが回答している。

そこには「大阪人の宗教心」について、こう書かれているのだ。

〈神や仏を信じない

「神や仏に願いごとをするとかなえられる」が五〇・〇%で北海道、千葉に次いで三位と低い。「神や仏などの心の拠りどころはいらない」は大阪では四四・三

%で全国一位、「祖先に強い心のつながりを感じない」は大阪では三六・〇%で、これも一位である。大阪人の根強い現実主義や合理主義が証明される。〉

このように大谷氏は、大阪人には宗教心が非常に少ないと指摘している。しかし、私はむしろ逆ではないかと思うのだ。宗教心が少ないように見えるけれども、じつは本人たちの意識していない部分で非常に深い宗教的ルーツが、大阪に住んでいる庶民の感覚のなかには息づいている、という気がする。

たとえば、「大阪人は合理的だ」とよくいわれる。大阪の番頭さんなどが徹底した合理主義者であることは有名だ。大谷氏も、大阪人は現実主義というか合理主義というものを持っているという。

その合理性とはいったい何かと考えたとき、私は、その背景には非常に深いものがあるような気がしてならない。

合理主義というのは、迷信などを信じないということだ。現実主義というのも同じだろう。そのことから私がすぐに思いだすのは、蓮如が大坂に坊舎をつくろうとして、鍬《くわ》入れをした日のエピソードである。

蓮如の孫の顕誓《けんせい》という人が書いた『反故《ほご》裏書《うらがき》』のなかに、大坂御坊の設立について「法安寺の僧、難ぜられていはく、明日は大悪日《だいあくにち》也、はじめて寺場造立の日には、しかるべからずと。この旨、森の祐光寺の先祖、内々申入られしかば、如来法中無有選択吉日良辰《りょうしん》、仏説疑なし。明日早々取立らるべき也」と記録されている。

これは、蓮如が大坂御坊の建立にかかろうとする前日、法安寺の長老が、明日は大悪日だから止めたほうがいい、と口やかましくいったが、蓮如は、仏法には吉日とか凶日ということはありえない、といってとりあわなかったという話だ。

ただし、このエピソードには、凶日だといわれたため、世間の外聞をはばかって延期した、という正反対の内容を示す史料もあるらしい。そのため、一概には断言できないのだが、私は、蓮如だったら気にせずに鍬入れをしただろうという気がする。それに、蓮如の御文《おふみ》にははっきりと、門徒は「物忌《ものい》み」をせず、「吉良日」を選ばず、「鬼神」をまつらず、と明記されている。

しかも、こうした考えかたは蓮如にはじまったわけではなくて、親鸞にはじまる真宗思想というものが、徹底して迷信をきらうのだ。もちろん、「方違《かたたが》え」などを行うこともない。その意味では、真宗というのは非常に近代的な信仰だといえるだろう。

とりもなおさず、豊臣秀吉が大坂城を構築した後の船場《せんば》とか、大坂の商人の分布のなかで信仰のセクトを調べた文献によれば、圧倒的に真宗が多く、特に船場周辺はほぼ百パーセント真宗で占められていたという。

そう考えると、たどりたどっていけば、大阪人は「損得、損得」といいながらも、じつはその背景には、ある種のマックス・ウェーバー的な、プロテスタントの勤勉とか労働を大事にするとかいう精神が流れている、といえるのではなかろうか。

大阪という町に、蓮如、親鸞という人たちの思想が生活化されて、深く根づいているひとつの例が、この大阪人の「合理性」というものではなかろうか。

また、ふつうは「現実的」であることと宗教心とは、対立するものとして考えられがちだが、こと真宗についていえば、ある意味では迷信や占いなど非現実的なものを退けてきた信仰だ。こうなると、もしかすると現実的だということも、宗教心があるということとはまったく矛盾しないのではなかろうか。

もうひとつ、『大阪学　続』のなかの「大阪人の大阪意識」で全国一位に挙がっていたのが、「テレビは信頼できない」というものだった。

これも、大阪の人がテレビはそんなに大きらいかというと、むしろ大好きなのではないか、と私は思う。「いやぁ、テレビは笑かしてくれるからおもしろい」ということではないだろうか。テレビを信用しないというのは、テレビが好きで信頼していることの裏返しではないか、という気もするのだ。

それと同じことで、大阪の人たちが「神仏を頼まない」というのも、じつは、逆に信仰に頼る気持ちが強いのではないか、と思うのである。

それにしても、東京の人ならこういうことはいいにくいだろうな、と思うことも、大阪の人は非常に率直に本音で話す。

人間が持っている欲望というのは、誰でもそんなに変わらないはずだ。ただし、内心では「お金を儲けたい」とか「あれが欲しい」とか思っていても、東京では、なんとなく本音でいってはいけない、という雰囲気があって口にしづらい。いう場合にも、必ずオブラートに包むようにして、ストレートにはいわないようにしている。

大阪の人たちは、それをはっきり正直にいう。物を買う場合でも、高いと思ったら、「負けてんか」とか「勉強して」と平気で値切る。

たとえば、私は自分の本が売れるか売れないか、ということに非常に関心がある。それは大事なことだと思っているからだ。

しかし、東京では「あの本はよく売れている」というようなことは、著者自身があまりいってはいけないことのようになっている。あくまでも遠回しに、婉曲な表現でしかいえないのである。

だから、「あの本は非常に多く読まれている」という体裁のいい表現をして、「よく売れてうれしい」という本音の部分はごまかしているわけだ。しかし、大阪の人から見ればそんなことはすっかりお見通しだろう、と感じて少し恥ずかしかった。

つまり、大阪の人は率直に本音をさらす。東京の人はいい恰好をするというか、ソフィスティケートしようとする。

大谷氏の話では、『大阪新聞』という地元の新聞は、「読んだら儲かりまっせ！　大阪新聞」という広告を堂々と出しているという。大阪というところでは、いくら恰好がよくても実利が伴わないものはだめなのだ。

これが、もし東京の新聞だったら「ニュースが豊富」とか「教養が身につく」とか「世の中の動きがわかる」というふうに宣伝するにちがいない。

このあたりも、もしかすると、大阪の人たちの合理主義、現実主義のひとつの表れだといえるのではないだろうか。

「他力安心《たりきあんじん》の信心を失ってはならない」と

さて、大阪といえば商人の町として有名である。また、「がめつい」「ケチ」というのも、大阪人に対する定評になっているようだ。

『大阪学　続』で大谷氏は、「才覚、算用、勤勉、倹約、これが大阪、つまり船場の商法であった」と書いている。そして、現代の大阪人にも受け継がれているこうした性格は、じつは近江商人の性向とそっくりだ、とも指摘している。

近世後半、大坂を席巻《せっけん》したのは近江商人だった。そして、近江地方（現・滋賀県）というのは、北陸と並んで〝真宗王国〟といわれるほど真宗の門徒が多い地域である。

大坂で活躍した近江商人のなかでもっとも有名なのは、伊藤忠兵衛《いとうちゅうべえ》という人だ。『大阪学　続』のなかにも彼のことが書かれているが、それによると、忠兵衛は近江の豊郷《とよさと》の織物を行商する小売商兼地主の次男で、数え十七歳のときに自立して、伏見や大坂への麻布の持下《もちくだ》り商《あきな》いに従事したという。

末永國紀《すえながくにとし》氏の『近江商人』（中公新書）によると、「持下り商い」というのは、農民から買い取った特産の麻布を、往路の持下り時に行商して、さらに、帰路ではその土地の特産物を仕入れて行商することだという。そうすることで、往復で利益を図ることができる。

しかも、当時は掛け売りが中心だったが、委託販売方式を工夫したり、持下り商いのかたわら、金貸し業も営んでいたらしい。同書によれば、近江商人のすごいところは、広域での商いを可能にするために、それに適した商法の採用から資金調達、人材育成、経営管理、旅と情報の組織化まで、いち早く実践していたことだ、という。

そう考えると、伊藤忠兵衛が興した事業が、総合商社の伊藤忠商事と丸紅という、日本を代表するような企業として、現在まで受け継がれていることも納得できる。

伊藤忠兵衛の活躍ぶりに関しては、大谷氏の本に譲りたいが、私としては、何よりも彼が非常に信心深い人だった、ということに注目したい。

伊藤忠商事の社史によれば、初代伊藤忠兵衛は、大坂などへの持下り商いの旅先でも、講の指導者である善知識《ぜんちしき》の門に出入りすることを好んでいたという。

それだけではない。全店員に親鸞の教えを説いた『正信偈《しょうしんげ》』一冊と数珠《じゅず》を持たせ、朝な夕なに店内の仏壇に向かって、店員たちと一緒に念仏をあげていたらしい。

また、息子の二代目忠兵衛に対しては、「たとえすべての事業・財産を失うことがあっても、他力安心《たりきあんじん》の信心を失ってはならない」と遺言している。日頃から「商売は忘れても、毎日のお勤めは忘れるな」というような過激なことをいいつつ、伊藤忠兵衛が商売でも成功したのはすごいことだと思う。この伊藤忠兵衛のような近江商人たちが〝糸へん〟の力で近代大坂を繁栄させ、さらには、日本の総合商社の礎を築いたといえるのだ。

くり返すが、近江商人のルーツである近江というのは、北陸と並ぶ真宗王国である。いろいろな面で蓮如の影響は大きかったにちがいない。

商業という言葉は「商いという業《ごう》」とも読めるように、当時の社会では卑しいもの、「賤民《せんみん》」の仕事のように思われていた。その商売人にはじめて存在理由を与えたのが、蓮如その人だったのである。「商人は商いをもせよ」という蓮如の御文の言葉によって、商業もまともな仕事だというプライドを、はじめて彼らは持てたのだから。

私がそんなことをいうと、大谷氏が大坂商人の宗教心について、おもしろいことを教えてくれた。

井原西鶴《いはらさいかく》といえば、『好色一代男《こうしょくいちだいおとこ》』や『日本永代蔵《にっぽんえいたいぐら》』などの作品を書いた元禄時代の大坂の流行作家である。彼は、人間が本来持っている性や金への欲望をありのままに描きだした。彼の作品に登場する人びとは、来世の神仏を払いのけ、現実を肯定し、たくましく生き抜こうとする。

大谷氏によれば、その西鶴が「大坂の商人は仏さんに凝《こ》って、もう金を儲けてもしかたがない、死ぬときは裸だと、そういう考えかたをしているが、そんなことでは金は儲からんよ」と苦言めいたことを書いている。これは逆に見れば、当時の大坂の商人には、仏教の教えとか信心ということが一般的だった証拠だろう、という。なるほど、大坂人のことを知りつくしている西鶴がそう書いているのだから、これは信憑性があっておもしろい説だと思う。

「御堂筋《みどうすじ》」は宗教的な名前の通り

大阪随一のメインストリートは「御堂筋」だ。

御堂筋と聞くと、私は「雨の御堂筋」という歌謡曲をすぐに連想する。台湾から来た欧陽菲菲《オウヤンフィフィ》さんが歌ったこの歌は、昭和四十六(一九七一)年に大ヒットして、御堂筋という名前を全国的に知らしめた。

とはいえ、その歌を聴いていた人びとは当時、「ミドウ」がいったい何かということは、特に気にかけもしなかっただろう。

この通りには、現在も「御堂」と呼ばれている北と南の二つの真宗寺院がある。北《きた》御《み》堂《どう》は浄土真宗本願寺派の寺院で、「津村《つむら》別院」とか「津村御坊」とも呼ばれ、一方の南御堂《みなみみどう》は真宗大谷派の寺院で「難波《なんば》別院」「難波御坊」とも呼ばれている。

そして、この南北二つの御堂のあいだを結ぶ道筋ということから、江戸時代にその通りが「御堂筋」と呼ばれるようになったそうだ。

これは、東京の「銀座」という名前とはかなり違う。銀座は、かつての江戸幕府直轄の銀貨の鋳造《ちゅうぞう》・発行所の名前に由来するわけで、まさに「お上」「官」の組織にちなんだ名称だ。

それに比べて「御堂」である。人びとの信仰の場を意味するこの言葉が、大阪の町のメインストリートの名前として使われているわけだ。

そう考えると、いま、全国各地に「〇〇銀座」というものが氾濫《はんらん》しているが、どうして「〇〇御堂筋」というのはないのか、とさえ私は思ってしまう。

浄土真宗本願寺派の本願寺津村別院、北御堂

北御堂と真宗大谷派の難波別院、南御堂を結ぶ御堂筋

御堂筋という名前は、外国でいうと、たとえば「聖フランチェスコ通り」とかそんな感じだろう。大阪の人は気づいていないかもしれないが、宗教心がない人たちが、自分たちが住んでいる町の目抜き通りに、こういう名前をつけるだろうか。私には、これは非常に宗教的な名前に感じられる。

そういえば、大阪という場所は、町名や橋の名前を見ても、「天王寺《てんのうじ》」からはじまって「藤井寺《ふじいでら》」とか「大黒橋《だいこくばし》」「戎橋《えびすばし》」というように、いろいろな寺や神様の名前がつけられている。

現在の御堂筋は、梅田から難波を結ぶ約四キロメートルの長さがあり、文献によってまちまちだが道幅は約四十三メートルということで、いずれにせよ、ものすごく広い道路であることは間違いない。

ただし、江戸時代には、淡路町から長堀までの約一・三キロメートル、幅が五・四メートルの細い道筋にすぎなかったらしい。

この御堂筋をいまの道幅に拡張したのは、第七代大阪市長の関一《はじめ》という人だそうだ。彼は、大正十五（一九二六）年にこの拡張工事をスタートさせ、同時に地下鉄まで建設してしまったのである。

現在の御堂筋の混雑ぶりを見れば、百年先を見通して、前代未聞の大事業を陣頭指揮した関市長の炯眼《けいがん》というものを否定する人は、ひとりもいないだろう。しかし、工費は莫大で、住民にも負担が求められたため、当時は不満を抱く人も多かったらしい。あまりの広さに、議会は「船場《せんば》のど真ん中に飛行場をつくる気か！」といって反対したそうだ。

ただし、現在のその広い御堂筋ではなく、江戸時代の幅六メートルにも満たない細い道筋のころの御堂筋に、近江商人たちは競って進出していったのである。

近江商人たちのあいだでは、商売に成功して、もしも大坂に進出して自分の本店を持つことができたならば、御堂の鐘が聞こえるところに店を出したい、御堂の甍《いらか》が見えるところに店を構えたい、というのが大きな夢だったそうだ。

御堂の鐘が聞こえるところ、御堂の甍が見えるところ――すなわち「船場」である。

そういうことを、口ぐせのようにいうお年寄りたちがいて、それを聞きながら育った二代目、三代目の人たちが家業を継ぐ。彼らが「そういえば、うちのおじいちゃんは昔、御堂の鐘の聞こえるところに自分の店を出したい、とくり返し何度もいっていたな」と思い出して、事業に成功したら、御堂筋の近くに、つまり船場に自分の店を出すということを、ひとつのこころの満足としてやっただろうことは、容易に想像できる。

そう考えると御堂筋もなかなか味のある通りで、単なる東アジアのビジネスセンターを超えて、そこにある種の情のつながり、というものを私は感じる。

現在も、御堂筋に面して船場や道修町《どしようまち》など、にぎやかな商業の中心地がある。船場周辺は、どちらかというと繊維産業が中心だが、道修町のあたりへいくと一転して、薬品関係の有名な会社が数多く軒を連ねている。

かつて石山本願寺の寺内町で、専売といってもいいほど大きな産物は繊維と薬品だった。そのことを考えあわせると、寺内町の特産品を生みだしていた二つの産業が、現在もなお御堂筋に息づいていることになり、生きた歴史を感じて感慨ぶかい。

おそらく、ふだんは御堂筋に対してそんなことをほとんど意識していない人たちでも、その背景を知ると、何か不思議な因縁のようなものを感じずにはいられないのではないか。

御堂筋といえば思い出すことがある。平成七（一九九五）年に、大阪でAPEC《エーペック》（アジア太平洋経済協力会議）が開催された際、私はたまたま、ジャーナリストたちを乗せたバスに同乗させてもらったのだった。

そのバスには、ヨーロッパやアジアから取材に来たジャーナリスト、新聞記者など、報道関係者がたくさん乗っていた。

彼らを案内していた事務局の人が、バスが御堂筋を通ったときに、「ここは東アジア最大のビジネスセンターです。商社や銀行などいろいろなビルが建ち並んでいます」と型どおりの説明をしたが、ジャーナリストたちはまったくといっていいほど関心を示さなかった。

私はそれを見て、大阪という都市をPRする絶好の機会なのに、もっと違ういいかたはないのかなあ、とつい余計なことを考えたのである。

たとえば、こんなふうに説明したらどうだっただろう。

「ここは大阪のメインストリートで、『御堂筋』という宗教的な名前がついた道筋です。ここには、たくさんの商社や銀行が並んでいますが、じつは非常に古くから、信仰を持った商人たちが多く集まってきた場所なのです。『聖フランチェスコ通り』というような宗教的な名前を持った、日本では珍しい通りです」

そういうふうに話せば、日本人は宗教にはあまり関心がないと思っている彼らは、その説明を聞いてかなり興味を惹《ひ》かれたのではないか。

さらにつけ加えて、「大阪の基盤となる寺内町をつくったのは、十五世紀の蓮如という宗教家です。大阪は、そのような宗教都市としての起源と発展の歴史を持っております」とでもいったら、おそらくヨーロッパのジャーナリストやアジアの新聞記者たちも、強い関心を持って大阪の町並みを眺めたのではないか、という気がするのだ。

そもそも、欧米では宗教を持っていない人は尊敬されない。これは、ビジネスマンでも誰でも関係なくそうだ。

だから、向こうの人に「あなたの宗教は何ですか？」と尋ねられたら、「無宗教です」と答えるのは止めて、堂々と「ブッディスト（仏教徒）です」と答えればいい。日頃あまりお寺にいっていなくても、その家の宗派が何かあるはずだから、嘘にはならない。

じつは、資本主義の基本である市場経済の背後にも、「見えざる神の手」というように、宗教的なものがある。経済活動においても欧米人の拠りどころとなっているのは、彼らの信仰心である。

そして、マックス・ウェーバーのいう職業観、プロテスタンティズムの「多く稼ぎ、多く蓄えることは悪ではない。ただし、多くを施しさえすれば」という、いわば安全弁がある思想は強い。

アメリカン・ドリームを実現し、世界一の大富豪になったマイクロソフトの創業者ビル・ゲイツが、信じられないような巨額の寄付をするのも、プロテスタントの倫理観からだろう。一方では強引な商売をして巨額の利益を得ていても、一方で慈善事業や寄付に気前良くお金を使うことで、自分の精神のバランスを取っているのだと思う。

アメリカ人でもヨーロッパ人でもそうだが、彼らは十字軍的なミッションを背負って、強引にビジネスに乗りだしてくる。ミッションを持つ人たちは強い。

そう考えたとき、強い信仰心を支えにして、事業の成功を目指したかつての近江商人たちのすがたが思い浮かぶ。

これはビジネスの世界に限った話ではない。果たして現在の日本人は、欧米人に匹敵するような何か強い拠りどころとか、自分のバックボーン、あるいはミッションを持っているといえるだろうか。

南北の「御堂さん」はこころのふるさと

御堂筋にある北御堂（津村別院）と南御堂（難波別院）は、近代的な町並みのなかにとけこんで、現在でも真宗門徒たちが集まって法話を聞いたり、信仰を語りあったりする場として機能している。

大阪の人たちの話を聞いていると、たいてい「北の御堂さん」とか「南の御堂さん」と呼んでいる。こんなふうに何でも「さん」をつけて呼ぶのは、大阪の人の特徴らしい。「住吉《すみよし》さん」とか「天満宮さん」とか「天神さん」とか「戎《えべっ》さん」とか、たとえ相手が神様であっても、大阪では親しい友達を呼ぶように「さん」づけなのである。東京だったら、神様に対してはやはり「〇〇さま」と呼ぶだろう。

ところで、初期の寺院はいまの寺院とは違って、道場というような傾向もあった。集会所という性格も持っていた。町の公民館といった役割も果たしていた。いろんな意味で、門徒あるいは信仰を持った人たちが集まる施設だったわけだ。

いまも、朝七時に御堂では「御法座」が開かれていて、年配の人を中心にして、信仰心の篤い人たちが集まって来る。彼らは早朝の法話を聞き、念仏を称え、すがすがしい表情で帰っていく。大阪の一大商業地区のなかに、このような信仰の場が長年ずっと受け継がれてきているのだ。

この南北の御堂はいつ誕生したのか、少し歴史をふり返ってみよう。

織田信長との長年にわたる石山合戦の末に、本願寺の宗主だった顕如《けんにょ》とその子教如《きょうにょ》は、相次いで石山本願寺をでて紀伊《きい》（現・和歌山県と三重県の一部）へと逃れた。しかし、信長がその二年後に死ぬと、秀吉が天下統一を実現する。そして、石山本願寺があった場所には自分の居城として巨大な大坂城（大阪城）を築き、その代わりに、顕如には大坂の天満《てんま》の土地を寄進する。

顕如は最初、その土地に本願寺を建立する。さらにその数年後には、現在の京都の西本願寺の本山がある場所に秀吉から新たに土地を得て、本願寺を再興した。

本願寺が京都に移転してしまったために、大坂に残された門徒たちは新しい集会所、道場を必要とした。そのため、まず旧石山本願寺の西北の楼《ろう》の岸《きし》に道場がつくられ、最終的には、現在の北御堂がある所に寺院が建立された。完成したのは慶長《けいちょう》三（一五九八）年だといわれている。こちらが、いわゆる「お西《にし》」、正しくは浄土真宗本願寺派である。

一方、南御堂のほうは「お東《ひがし》」、正しくは真宗大谷派だ。

顕如の死後、後継者問題が生じて、末子の准如《じゅんにょ》が相続することになるのだが、それを不満に思う教如が、別寺の建立を思い立った。

それ以来、本願寺教団は今日のように本願寺派と大谷派とに分裂することになる。大坂にも北御堂とは別に、南御堂、難波別院と呼ばれる寺院が誕生した。工事が完成したのは慶長八（一六〇三）年のことだ。

この二つの御堂を支えたのは、蓮如の時代にさかんになった「講《こう》」という組織である。明治維新のころ、大坂ではまだ七十二の講が活発に活動していたそうだ。

これは、本山が支配するような形ではなく、あくまで門徒たちが自主的につくりあげていくものだった。大坂には多くの講があり、その人たちが実質的に御堂を維持し、支えていたことになる。

本願寺は他の宗派の寺院のように権力者に近づかず、庇護も受けなかったので、その財政のすべては、同朋《どうぼう》意識で結びついている門徒たちの寄進によっていた。そうしたサポートをする細胞組織みたいなものをたくさん持っていたことこそ、なんといっても本願寺教団の強みであり、なおかつ戦国時代の権力者たちをおびえさせた理由である。

豊臣家を滅ぼして天下を取った徳川家は、できるだけそういうものを解体して、本願寺と門徒をいわゆる形式的な檀家《だんか》制度、階級制度のなかに組みこんでいこうとした。結局、それが功を奏して、本願寺自体が、ピラミッド型の身分制度のなかで門徒に君臨する仏の国の領主になっていく。これが、いちばんの問題だといわれている点だ。

しかし、講というのは基本的にはそうした被支配組織ではなく、自発的なグループの組織である。明治のころまで七十二もの講の活動を継続させていたということは、それだけの真宗の門徒が御堂筋の周辺に存在していた、ということの証拠だろう。大阪には、御堂を〝こころのふるさと〟として慕う人びとがたくさん存在していたのだ。

大阪を訪れて御堂筋を通ると、必ずこの二つの御堂のすがたが目にはいる。そのたびに私は、御堂筋という名前にこめられた深いものを思い、講に集まる人びとのこころを強く感じずにはいられない。

芸どころ大阪のルーツは寺内町にある

大阪には芸人が多い。なんとなく、私たちは当たり前のようにそう思っているところがある。実際に、いま東京で活躍している芸人の多くが吉本興業出身だったり、関西出身の人たちなのではないだろうか。

なぜ、大阪は芸どころなのだろう。そのことを考えたとき、蓮如が礎を築いた石山の寺内町のことを私は思い浮かべる。

数ある宗教団体のなかで、蓮如の本願寺教団だけが、能や猿楽を演じる人や歌い手など、いわゆる芸人を門徒としてたくさん受けいれた。それはきっと、蓮如自身もそういうものが大好きだったからだろう。

実際に、蓮如は説教をするときに、歌い手を連れていって、集まってきた人たちが話を聞くのに飽きて、退屈しているなと感じると、途中でその歌のうまい人に当時の流行歌《はやりうた》を歌わせたという。そして、みんなが喜ぶとまた話をつづける、といった工夫をしていたらしい。

本願寺では再三再四そういう催し、フェスティバルが行われていた。お説教もするけれども、エンターテインメントもする。普段は門付《かどづけ》して歩くようなたくさんの芸人たちが、「御同朋《おんどうぼう》」として受けいれられ、その晴れの場で嬉々《きき》として、いろんな演芸を披露したのだろう。

本願寺の寺内町のなかは、流通の拠点でもあり、商業の拠点でもあり、信仰の拠点でもあると同時に、そうしたエンターテインメントの拠点だった。

これは芸人たちにとっては大きな意味を持っていた。そこでは公然と、「賤民」ではなく人間として、同朋として演じることができたのだから。

もともと、芸能といわれるものは、寺社から発生したものだといわれている。寺僧が、曼荼羅《まんだら》や涅槃図《ねはんず》のような宗教的背景を持った絵画の内容や思想を、当意即妙に説き語ったのが「絵解き」だが、それが急速に芸能化し、話芸として発展していった。大和の當麻寺《たいまでら》の「當麻曼荼羅絵解き説法会《せっぽうえ》」などは、落語、講談、浪花節《なにわぶし》、その他もろもろの芸能の発祥だといっていいだろう。

室町時代になると、寺に拘束されない俗人の絵解きが出現して、絵巻などを示しながら人びとの前でおもしろおかしく節をつけて語った。彼らは社会の底辺に生きる芸能者だったのである。当時、そこで使われる台のことを高座《こうざ》といった。いま落語で高座というのは、そこからきているという。

生け花にしても、最初は「供花《くげ》」といって仏前を荘厳《しょうごん》する、つまり美しく飾るために、僧侶が花を生けたことからはじまった。そのなかに、京都の六角堂頂法寺《ろっかくどうちょうほうじ》の僧で、花をアレンジするのが非常に上手な池坊専慶《いけのぼうせんけい》という人がいた。次第に、彼のところに花の生けかたを習いにくる人びとがでてきて、それがのちの「池坊」という流派になったわけだ。

相撲も、もともとは神事である。奉納相撲として、神様の前でたくましい肉体で競いあい、神様を喜ばせるというのが目的だったのだ。

オリンピックの起源も、四年ごとにオリンポスの神々、デルフォイの神々に捧げられた宗教的行事の一部だといわれている。古代ギリシャ人たちは、神々を喜ばせるためにさまざまなスポーツ競技を行った。

だから、いまでもわざわざアテネから「聖火」を運んできて、聖火台に点火する。ほとんどの人は意識していないはずだが、じつは、オリンピックは宗教的行事である。

そういうふうに考えていくと、大阪が芸どころだということは、かつての寺内町が芸どころだったからにほかならない。

芸人たちは、寺内町に集まった多くの行商人や交通労働者と同じように、生産をしない非定住者、流浪の民だった。社会では差別される存在だったその芸人たちを、蓮如は少しのこだわりもなく寺のなかに受けいれた。

茶の湯をする人たちも、最初は芸人と同じような存在だった。千利休《せんのりきゅう》の時代になって、ようやく高い地位を得るようになってくる。そして、その後は「阿弥《あみ》」と呼ばれる人びとが、芸能の分野で広く活躍するようになった。

「阿弥」は、中世以降、仏工、画工、能役者など、いろいろな技能を業《なりわい》とする身分の賤《いや》しいとされた者に与えられた号のことだ。彼らを将軍の側近に召しだして奉仕させる場合に、俗世の身分階級から解き放つために、「〇阿弥」と称させた例が多いという。

能の観阿弥《かんあみ》、世阿弥《ぜあみ》、花の立阿弥《りゅうあみ》、文阿弥《もんあみ》、庭の善阿弥《ぜんあみ》、画と茶の能阿弥《のうあみ》、芸阿弥《げいあみ》、相阿弥《そうあみ》、刀剣鑑定の本阿弥《ほんあみ》など、みなそれに当てはまると考えられている。

こうした人びとは「阿弥衆《あみしゅう》」と呼ばれ、各地を渡り歩いてその技能を披露した。そういう人たちを、大坂の寺内町はたくさん抱えこんだのである。

「儲かりまっか」「おかげさんで」の奥に

最近の大阪の芸人というと、真っ先にお笑いタレントのことが頭に浮かぶのではないか。大谷氏の『大阪学　続』にも「みんながタレント──テレビ番組」という章があって、昭和五十三（一九七八）年から翌年にかけて起きた漫才ブームについて書かれている。

その主役となったのが、吉本興業を中心として、力を蓄えていた若手たちだった。やすし・きよし、桂三枝《かつらさんし》、つづいて明石家《あかしや》さんま、島田紳助《しまだしんすけ》、上岡龍太郎《かみおかりゅうたろう》、そしてブームの終わりごろにでてきたダウンタウン。

大谷氏は同書で「このときから大阪弁と発想が日本中に通用するようになった」と指摘している。

漫才ブームの後、東京でも大阪のテレビ番組を見習うようになった。大阪のトーク・バラエティーが全国に通用し、吉本タレントが人気を得ることになったのだ。

しかし……と大谷氏は注意を促す。「大阪番組の全国制覇《せいは》は成った！　ところが、それを作っている場所は、東京なのである。さんまも、紳助も、ダウンタウンも、間《はざま》寛平《かんぺい》もテレビ大市場の東京に住む。素材の輸出である。

そして、「大阪は大阪、東京は東京である。あの大阪が持つ人間臭さ、やさしさ、思い入れ、伝統のアドリブ、効率を超えた熱中と新工夫、そんなものはなくなって行く。東京流の保守的で規制が多い人畜無害の番組がのさばる。ドラマで、やくざ、助《すけ》平《べえ》じい、商売人はきっと大阪弁を使うという東京局の安パターンが横行する。東京製の大阪風、けったいな話やおまへんか」と嘆《なげ》くのだ。

また、『大阪学』の「好っきゃねん——大阪弁」という章には、大阪弁に関するさまざまな考察が書かれている。

たとえば、インスタントラーメンの商標に「好きやねん」というのがあって、まるで大阪弁の代表のように見られているが、ほんまもの大阪弁は「好っきゃねん」だ、と大谷氏は指摘する。

そして、そうした微妙な違いが生まれる理由について、「これで証明されているのは、いわゆる大阪弁はお笑いタレントによってテレビで日本中にまき散らされていることである。吉本興業の人が目立つ。彼らの多くはもとから大阪にいる人ではなく、他国から来ている」と解説している。

これは、私には印象的だった。言葉というものは非常に大切なものだからである。

大阪の古い人にいわせると、最近、大阪の言葉は乱れているそうだ。つまり、全国で大阪弁と思われるような〝大阪弁に似た言葉〟が生まれているという。

東京で、生粋《きっすい》の大阪人ではない人が大阪弁らしい言葉を話すと、それが本物の大阪弁として中央で公認されてしまう。すると、全国に流通するようになり、おかしなことに大阪の人がそれを模倣するということさえ起こる、というのだ。

それはちょうど、柳田国男の『遠野物語』に合わせて、遠野の人たちがいまの遠野を再構築しているのと似た現象だともいえるだろう。

本来は、大阪にも川をはさんでミナミの言葉、キタの言葉、船場《せんば》の言葉などがそれぞれあって、全部違っている。堂島《どうじま》の言葉、道修町《どしょうまち》の言葉、どれも微妙に異なっているのが当然だ。

私は、自分が九州弁を喋っていることもあって、方言はできるだけ残すべきだ、という立場を取っている。大阪の一つひとつの町、一つひとつの地域に多種多様な言葉があり、それぞれが独自の大阪弁だと思ったほうがいい。大阪弁というものをひとくくりにしたり、標準化された大阪弁をつくったりすべきではない。

最近のお笑いタレントがさかんに使っている言葉の原形は、大阪のなかでも柄《がら》の悪いほうの河内《かわち》弁らしい。これは、かなりどぎつい印象がする言葉だ。しかし、大部分の日本人が大阪弁だと思っているのは、じつはこのどぎつい言葉なのかもしれない。

それにしても、東京の人は大阪弁について、かなり思いこみがあるようだ。たとえば、「大阪の人は、顔を合わせれば『儲かりまっか?』といい、相手も『ぼちぼちでんな、まああでんな』と答えるそうじゃないか」とからかい気味にいったりする。

大阪の人に聞くと、そういうこともあるが、それほどいわない、ということだった。

ただ、ある本で読んだのだが、昔の大阪の人たちは「儲かりまっか?」と聞かれたら、「ぼちぼちでんな」という前に、「ええ、おかげさんで」と答えたという。

この「おかげさん」というのは、「御蔭参《おかげまい》り」の「おかげ」である。天地神仏、あるいは世間の人びと、お客さまのおかげでそれに感謝する、という意味だろう。

そういう「おかげさん」という感覚は、口にこそ出さないけれども、大阪の人のこころのなかに、じつはとても深く横たわっているのではないか。私にはそんな気がするのだ。

ある意味では、自分の力だけではなく、世間さまのおかげであり、商売をする人なら、お客さまのおかげであり、農業や漁業をする人なら、天地自然の恵みのおかげ、ということだろう。

そういうことを踏まえたうえで、何か目に見えない大きな光、大きな力のおかげをこうむって、日々自分たちが生きて暮らしていられるという、無言の感謝というものが、この「おかげさんで」という言葉のなかにはこめられているような気がするのだ。素晴らしい、きれいな言葉だと私は思う。

ロシア語には「スパシーボ」という言葉がある。これは「ありがとう」という意味で、「スパシー」と「ボトフ」という言葉が合体したものだ。スパシーは「お恵みを」とか「救いたまえ」という意味で、「ボトフ」は古い意味での神のことである。

そのため、宗教を否定したレーニンでもスターリンでも誰でも、「ありがとう」というときには「スパシーボ」（神様、お恵みを）といわざるをえなかった。

つまり、宗教は消せても、日常的に使われている言葉にこめられた信仰まで消し去ることはできないということだ。

「スパシーボ」という言葉が社会主義国ソ連に生きている間、じつはソ連の人たちの魂のなかには、ロシア正教が生きつづけていたのだろう。

だからこそ、雪解けのあとで、あれほど爆発的にロシア正教が復活したのだともいえる。いま、ロシアのインテリ層で、ロシア正教の信者でない人はほとんどいないほどだ。

それは、存在しなかったものが復活したのではなく、社会主義国家の間も「スパシーボ」という言葉が生きていたからにちがいない。

言葉というのはそれほど大事なものだ。「儲かりまっか?」「ええ、おかげさんで」という表現が、大阪のどこかにいまも残っているとしたら、私は、それこそ大阪の本当の素晴らしいすがただと思えてならない。

「他力《たりき》」の光に照らされて

このように、大阪の人びとの暮らしや商業のありかた、あるいは市民生活のマナーなどの背後には、石山本願寺以来、連綿としてつづいてきた「情《こころ》」というものがある。

とりわけ働くことを大事にする、商売を蔑《さげす》まない、あるいは合理的なことを大事にするということは、蓮如という人の感情や気持ちを大事にしている、といってもいいだろう。

前述したとおり、蓮如は人間くさいエピソードには事欠かない人で、たとえば、山科本願寺の壮麗な建物のなかにいながら、廊下に紙くずが落ちていると、「仏法領《ぶつぽうりよう》のものをあだにするかや」といって、拾いあげて両手でおしいただいたという。

これは一見ケチのようだが、そうではなくて、蓮如は暮らしに関しては質素であり、「もったいない」と物を大切にしたのだ。ここにも大阪人の「合理性」とつながるものがあるのではないか。

また、先に挙げたように、「神や仏を信じない」という回答が日本一多いということは、大阪人は神仏を頼まず「自力《じりき》」を頼む人たちだ、ということにもつながるだろう。

私はこの「自力」「他力」ということについては、こんなふうに考えている。

以前、石原慎太郎氏と対談をしたときに、石原氏は「自力」、私は「他力」ということを話した。

そのとき、「五木さんはそういうけど、やはり自力は大事なんじゃないかな」といって彼が例に挙げたのが、吉川英治氏の『宮本武蔵』のなかで、武蔵が一乗寺の決闘に出かけていくときの話だった。

決闘の相手は吉岡一門である。さすがの武蔵も心配になって、通りかかったところにちょうど神社があったので、その前で神仏の加護を祈ろうとする。しかしそのとき、はたと気がついて、神や仏にものを頼むようでは負けたも同然だと翻意《ほんい》して、結局、祈らずに決闘の場所へ出かけていった――。

つまり、石原氏は、武蔵はそこで「他力」に依存しようとした気持ちを捨てて「自力」に徹しようと決意した、ということをいいたかったのだろう。

しかし、本当の意味での「他力」とはどういうことなのだろうか。

よく「他力本願」といういいかたをして、「あなたまかせ」とか「人まかせ」という意味に理解されている。本願寺では、「他力」という言葉をそういうふうに使われるたびに、それは少し違う、と文句をいったりしている。

でも、私は「他力本願」はあれでいいと思っている。それとは少し違って、親鸞は「本願他力」という表現をしている。「本願」のほうが「他力」の上にくるのである。

私はそれを「目に見えない大きな力、大きな光が自分を照らしてくれている」というふうに考えている。

鈴木大拙《すずきだいせつ》の本には「他力というのは、自力を奮い起こさせるものだ」というようなことが書かれているが、私がいいたいのも、そういうことなのである。

宮本武蔵は、神や仏に頼んで、なんとか助けてください、なんていう弱いこころではだめだ、ここは全力をふりしぼって自分の力だけで闘わなければならない、と決意した。

じつは、その「決意をした」ということこそが、見えざる他力の光が彼のこころを照らした、ということにほかならない。あるいは、「他力は自力の母」だというふうに考えればわかりやすいだろう。

では、蓮如はなぜ念仏を称えることを勧めるのか。

蓮如の発想は、「仏たすけたまえと祈るべからず」、つまり「なんとかお助けください、仏さま」と祈ってはいけない、というものだ。

「南無阿弥陀仏」と称えれば救われる、といわれても、本当に救われるだろうかと不安な人もいるだろう、そういう人を救うために存在するのが阿弥陀如来だ、と蓮如はいう。だから、そういう人間を救うために仏さまは存在していると信じて、あとは報恩感謝の念仏を称えればいい。こういう考えかたなのだ。

「信じる」ことで物事はすべて変わる。それは、もしここにコップがあっても、ないと信じた人にはない、あると信じた人にはある、ということにほかならない。

信じるということ以外に宗教はない、という説は正しい。それは、無条件で信じること、保証なしに信じることだ。こころが信じるわけで、頭が信じるわけではない。

僧侶のなかには、科学的にいろいろな例を挙げて、信心の勧めをする人がいる。私はそれは間違いだと思う。非科学的だから人間は信じるのだ。科学的なことは、現象としてあるのだから、信じなくても納得すればいい。

信じるというのは飛躍だともいえる。頭ではわからなくても、こころが信じるわけだから、信仰は頭での否定を超えてしまう。信心とは、すごい発明をしたものだと思う。

こういうたとえ話がある。

ある人が月の光も見えない暗い夜、右下は断崖で、狼がでるか虎がでるかもわからないような山道を、重い荷物を背負ってひとりで歩いている。

真っ暗ななかで、一歩間違えたら谷底に落ちるかもしれない、いったいどこまで歩きつづければいいのか、とその人は不安を感じ、おびえながら歩いている。しかも、次第に背負っている荷物の重さが肩に食いこんでくる。

すると、そこに月の光が射してきて、遠くのほうに家の灯《あかり》が見える。その人は、あそこまでいけばいい、ということを知る。

月がでたからといって、目的地までの距離が近づくわけでもないし、道が広くなるわけでもない。同じ危険な山道であり、同じ距離を、同じ重さの荷物を背負っていくだけだ。

でも、その人の気持ちはそれまでとは大きく違っている。

どこまで歩けばいいのかわからずに、不安と恐怖のなかにいたときと、月の光に照らされて、あそこまでいけばいいという目的地が見えて、誰かが待っていてくれることがわかったときとではまったく違う。「安心立命《あんじんりゅうめい》」というのは、そういうことなのだ。

ところが、世の中のさまざまなインチキ宗教の場合は、こういう場合に、信仰すれば荷物が軽くなるとか、距離が短くなって楽になる、というのである。

そんなことはない。蓮如は、そうした「現世利益頼み」ということを徹底的に排除しようとした。信心を得たからといって、それで苦しみがなくなったり、病が治ったりはしない。これは、非常に合理的な考えかただといえるだろう。

月の光が射して目的地が見えても、その人の荷物は決して軽くはならないし、目的地までの距離も短くはならない。

それでも、暗闇のなかでゆき先がまったく見えないよりは、見えたほうがいいに決まっている。私も、無限につづく闇の道を歩きつづけなければいけないかと思うと、やはりいやだ。

「本願他力」というのは、向こうから与えてくださる、つまり光が照らしてくれるのであって、自分が道を照らしているのではない、という考えかただ。必要であろうがなかろうが、光が自分たちを照らしていて、それに対して「南無阿弥陀仏」と念仏を称え、ありがたいと感謝して生きればいい。蓮如は、私たちにこう教えているのだと思う。

大阪の人たちが、神仏の加護を頼まないということ、つまり、神仏を頼まないと決意している人や、自分でやるしかないと思っている人が多いということは、ある意味では、目に見えない大きな他力の光に照らされている、ということではないだろうか。こんなふうに考えるのもおもしろいかもしれない。

「一寸先は闇」は仏教の根本思想である

大阪の人たちを見ていると、なんとなくイタリア人と似ているような気がすることがある。

イタリア人というと、陽気で明るいラテン気質で、ワインを飲んで、美味しいものを食べて、恋をして、歌を歌って、それでオーケー、という雰囲気がある。

でも、実際にはその背景に、明日のことはわからないという刹那《せつな》主義、ニヒリズムがあるというふうに私は感じている。

ルネッサンスの絶頂期に、イタリアのフィレンツェで多くの芸術家や学者をバックアップしたことで有名なメディチ家のロレンツォという人がいる。彼は詩人でもあり、作曲もしたが、いつも「春は疾《と》く過ぎゆく　せめて今宵一夜」と歌ったという。

その日本語の替え歌が「いのち短し　恋せよ乙女」ではじまる吉井勇《よしいいさむ》作詞、中山晋《なかやましん》平《ぺい》作曲の「ゴンドラの唄」になったといわれているが、これなどはまさに刹那主義だ。明日のことはわからない。「メメント・モリ（死を思え）」。

日本でいえば「一寸先は闇」。

これは「いろはがるた」にもなっていることわざだが、おもしろいことに、東京のほうでは「犬も歩けば棒にあたる」、名古屋では「一を聞いて十を知る」、それに対して、大阪を含む関西では「一寸先は闇」なのだという。

近松門左衛門《ちかまつもんざえもん》の浄瑠璃《じょうるり》作品には『曾根崎心中《そねざきしんじゅう》』をはじめ、たくさんの心中物があるが、あれが当時の大坂で大当たりをとったというのは、「一寸先は闇」というのが、大坂の人びとの身近な感覚としてあったからにちがいない。

結局のところ、「一寸先は闇」というところからしか信心は生まれてこない。「一を聞いて十を知る」からは信心は生まれそうにないし、「犬も歩けば棒にあたる」は論外だ。「一寸先は闇」というのは、まさに仏教のいちばん根本のところから生まれてくる理想だといえるだろう。

蓮如が書いた「御文《おふみ》」あるいは「御文章《ごぶんしょう》」と呼ばれる門徒への手紙は、現在二百五十通以上伝わっているが、そのなかに有名な「白骨《はっこつ》の御文章」というものがある。

そこには「朝《あした》には紅顔ありて夕《ゆうべ》には白骨となれる身なり」という一節があって、蓮如は人間の老少不定《ろうしょうふじょう》、明日をも知れぬいのち、ということを強くいっている。

この「白骨の御文章」にはこんな伝説がある。ある木綿問屋の母親と若い娘が、毎朝坊舎にやってきて蓮如の法話を聴聞《ちょうもん》していた。その娘がめでたく結婚することになって、結婚式の前日にも母娘でやってきた。そのとき、娘は蓮如に、明日も法話を聞いてから嫁《とつ》ぐ、といった。

ところが、翌朝になると母親ひとりしか来ていない。そこで、不思議に思った蓮如が声をかけると、娘は前夜、急な病で息を引き取った、と母親はいう。それを聞いて、蓮如はこの「白骨の御文章」を書いたといわれている。

これはおそらく史実ではなく、伝説だろう。とはいえ、当時は病気の治療法も少なく、誰でもいつ不意に死を迎えるかもしれない、というのは事実だった。

こうしてみると、大阪人のこころのなかにある「一寸先は闇」という感覚は、蓮如の「白骨の御文章」そのものではないか。

生と死はいつも背中あわせにある。強引に結びつければ、だから、敗者に注ぐ共感というものが大阪人のこころにはあるのではないだろうか。阪神タイガースはいつも負けているから応援するのだ、という大阪の人は結構多い。いくら負けても、大きくファンの数が減らないのが、タイガースファンの不思議なところだといわれている。

もちろん、東京への対抗意識、アンチ巨人ということもあるだろうが、あれを、単なる読売巨人軍に対する反発、とだけとるのは浅いのではないか。大谷氏の『大阪学続』によれば、大阪の人たちは、甲子園での高校野球でも負けているほうを応援するという。

石山本願寺、あるいは一向一揆というものも、信長に徹底的に敗れたわけで、寺内町は焼失して城下町になった。豊臣家も徳川家に敗れた。それで、大阪の人たちはあんなに秀吉をひいきにするのかもしれない。

大阪文学に〈西鶴《さいかく》系〉と〈近松《ちかまつ》系〉の二つの系譜

ところで、一般に知られている大阪のイメージというのは、大阪を舞台にした小説や映画や芝居などによって、かなりつくり上げられている部分があると思う。

よくいわれるところの庶民性とか、ジャンジャン横丁のにぎわいだとか、道頓堀の戎橋《えびすばし》で派手さを競いあう巨大看板だとか、ケチでがめつい大阪商人像……。

これらの作品のなかで描かれている「大阪」像というものは、前にも書いたが、大阪の人たち自身が、大阪をこういうふうに思ってもらいたい、あるいは自分たちでそう思いこもうとしているのではないか、という印象さえ受ける。

特に、大阪商人像については完全にステレオタイプ化されていて、「利にさとく、ケチで、抜け目がなく、利益第一主義」というものだ。

しかし、こうしたイメージは、戦後の闇市から復興途上の〝糸へん〟業者あたりから生まれ、それがドラマや小説のなかで強調されながらつくられてきた、という説もある。むしろ、江戸時代の大坂の商人たちは、信用第一に筋を立てて行動し、利益については細かくこころを配り、正しく儲け、「天下の台所」を支える自負に満ちていたという。

井原西鶴は、そういう商人たちが活躍した元禄時代に、『日本永代蔵《にっぽんえいたいぐら》』『世間胸算用《せけんむねさんよう》』などの作品で、たくましい大坂の人たちのすがたをいきいきと描いている。西鶴は生粋の大坂人で、「世に銭ほどおもしろきものはなし」と書いているように、商売のおもしろさを知っている人だった。

大阪らしい作家ということで考えると、私にはすぐ、織田作之助《おださくのすけ》、宇野浩二《うのこうじ》、武田《たけだ》麟太郎《りんたろう》、新しいところでは藤本義一《ふじもとぎいち》、という名前が思い浮かぶのだが、大谷氏は『大阪学』のなかで、大阪の近代文学の流れには二つあると指摘している。いま挙げた織田作之助からつながる系譜は〈西鶴系〉だそうだ。

このなかで、もっとも大阪色の濃厚な作品を書いたのは、いうまでもなく織田作之助だ。彼の出世作である『夫婦善哉《めおとぜんざい》』は、東京の文壇からは「思想がない」とか「社会性がない」とこっぴどく叩かれたという。それ以後、彼は自分の文学が大阪的であることを、むしろ誇張するようになる。

織田作之助、宇野浩二、武田麟太郎など大阪で活躍した作家には、やはり共通の体質があるようだ。直木賞作家には大阪人が多いのだが、大谷氏によれば、作之助、浩二、麟太郎も含めて大阪の作家たちは、こんなことを書いたら大衆作家と思われるのではないか、という心配などしなかったらしい。

そのとおり、彼らは共通して通俗的な作品も書いているし、東京の人たちのように、作家として箔《はく》をつけたり、格式張ったりしようとはしなかった。

正直なところ、その話は私にはすごく羨《うらや》ましく感じられた。

自分でいうのもなんだが、私の場合は「おれは通俗をやるぞ」と宣言してから書くのである。そこまでいわなくても、黙って自然にやればいいものを、何かこだわりがあって、「文学などやる気はない。おれは読み物を書くんだ」とついむきになってしまう。

ところが、大阪の作家たちは、案外それが平気だったらしい。たくさんの人に読まれればいいじゃないか、という態度で無理をしないし、変に恰好をつけたりもしない。そういう、いかにも大阪人という感じの〈西鶴系〉の作家たちがいる一方で、大阪出身の作家でありながら、あまり大阪色を感じさせない作家たちもいる。梶井基次郎《かじいもとじろう》、川端康成《かわばたやすなり》などの系譜である。新しいところでは小田実《おだまこと》、開高健《かいこうたけし》なども こちらの系譜に属するだろう。

梶井基次郎は『檸檬《レモン》』というしゃれた作品を書いているし、川端康成にいたっては、『伊豆の踊子』『雪国』などの作品が有名で、彼が大阪生まれだとは誰も思っていないのではないだろうか。出世作にしても『浅草紅団《くれないだん》』であって、千日前《せんにちまえ》とか道頓堀を舞台にして書かれたものではない。この二人は「新感覚派」としても知られている。

また、開高健氏の場合は、人柄は非常に大阪的だったけれども、作品は全然違っていた。川端、梶井につながるもので、ある意味ではモダニズムの系譜だといえるだろう。

大谷氏は、彼らの源流は近松門左衛門であるとしていて、〈西鶴系〉に対して〈近松系〉と呼んでいる。

〈西鶴系〉と〈近松系〉。大阪の近代文学にはこの二つの系譜があるということだ。西鶴のように、人間の色、欲などをしっかり見つめていこうとする世界が一方にあり、もう一方には、近松のように耽美《たんび》的な精神性を描いていこうとする世界がある。

前述のとおり、近松は『曾根崎《そねざき》心中』『心中天網島《てんのあみじま》』などの心中物をたくさん書いた。これらは人が自らいのちを絶つ話で、死を美化する面がある。対照的に、西鶴の作品では、登場人物が心中したり、自分で死ぬというケースはほとんどなく、大谷氏が知る限りでは、わずか一例あるだけだそうだ。

ちなみに、〈近松系〉の系譜の川端康成は自らいのちを絶っているが、〈西鶴系〉の系譜の作家にはそういう人はいないという。

ただし、その大きな二つの流れの他にも、戦後の大阪からはいろいろな作家がでてきている、と私は感じている。

たとえば、小松左京《こまつさきょう》氏や眉村卓《まゆむらたく》氏のようにSFなどを書く人もいれば、司馬遼太郎《しばりょうたろう》氏、黒岩重吾《くろいわじゅうご》氏、田辺聖子《たなべせいこ》さんなどもいる。以前は大きな二つの筋で見られたものが、いまは五本くらいの筋になっているような気もする。そのくくりにくいところが、私には、ある意味で大阪の「雑《ぞう》」を共存させる幅の広さだという感じもするのだが、考えすぎだろうか。

近松心中物と「南無阿弥陀仏」

近松や西鶴が活躍していたころ、大坂の町人たちの娯楽といえば、芝居と遊郭《ゆうかく》だった。芝居は、道頓堀《どうとんぼり》に芝居小屋がたち、元禄《げんろく》期に全盛を迎えている。浄瑠璃《じようるり》では竹本義太夫《ぎだゆう》が、竹本座を本拠に義太夫節といわれる流派を開き、近松が脚本を書いた『出世景清《しゆつせかげきよ》』『曾根崎心中』などをかけて、大当たりをとっている。

大谷氏によれば、堂島や曾根崎などの新地が開発されると、そこを繁栄させるために茶屋が公認され、元禄ごろには北の遊里《ゆうり》としてにぎわったそうだ。その後、堂島は米取引の場となり、遊里は次第に北の曾根崎新地へ移っていく。

大谷氏は『大阪学』で「南の千日前が焼き場、刑場、墓地であった。(中略)曾根崎村の梅田は、池や沼を埋め立てた水田なので埋田《うめた》と呼んだともいう。火葬場もあって、梅田三昧という。ということになると、いまの大阪を代表するキタもミナミも、昔は死人を焼いた場所であった」と書いている。

そのくだりを読んで、私は大谷氏に「大阪の人は、昔はこんなふうに墓地だったとか刑場だったとか書かれることを、いやがりませんか?」といったのだが、「大阪の人は、悪くいわれても案外腹を立てません。それは平気なんです」という答えが返ってきた。

昔は、大阪に限らず、東京でもどこでもみんな、寺と刑場と墓地が市街地のいちばんはずれにあり、遊郭と芝居小屋とが誘致された。

曾根崎新地は、いうまでもなく近松の『曾根崎心中』の舞台となったところだが、当時はそのあたりが大坂の北限だったそうだ。そこに蜆川《しじみがわ》という川があり、その真っ暗な土手を、近松は『曾根崎心中』と『心中天網島』の道行きの場面に使っているという。

近松と西鶴はどちらも大阪を語るうえでは典型的な人だといえるが、西鶴が生粋《きっすい》の大坂人だったのに対して、近松は越前福井の武士の家に生まれ、京都で育ち、『曾根崎心中』の好評を得てから大坂に住むようになった。

近松が芸能の世界に身をなげうつにいたったのは、彼が由緒ある武家の出身だということから考えると、驚くべきことだったらしい。浄瑠璃は十五世紀以来、蔑視された芸能民によって語られてきたものだったからだ。

彼の転機となったのが、『曾根崎心中』の執筆とその成功だった。元禄十六（一七〇三）年、まだ京都に住んでいた近松が、たまたま大坂に来ていた際にこの心中があったことを聞いて、すぐに浄瑠璃の脚本に仕立てたという。

そして、曾根崎で心中事件があった一カ月後には、早くも『曾根崎心中』として大坂竹本座で初演され、人気を呼んだ。近松はその翌年に大坂に移住している。

私にとっておもしろかったのは、『曾根崎心中』を書いた近松が大坂の人ではなく、よそ者だったということだ。大坂に住んでいた人に比べて、近松にとってはその心中事件がより鮮烈に感じられたにちがいない。

だいたい、私のようなよそ者が地方からはじめて東京へでてくると、徹底的に歩きまわる。「観光」もするし「取材」もする。そのため、東京の人たちが漠然と考えているのとは、少し違った東京が見えることもある、と自分では思っている。

たぶん近松も、心中が起こったと聞いて京都から駆けつけて、いろいろ取材したうえで事実に基づいて作品を書きあげたのだろう。それが事件の一カ月後には初演されたので、観客のほうも親近感を持って見ることになった。

また、『曾根崎心中』が大当たりした背景としては、この心中事件があった二カ月前に、吉良《きら》邸に討ち入りをした赤穂浪士が切腹したこともあった。その影響で、人びとの間に死を賛美したり、死を美化するという風潮があったのは確かだろう。

近松は『曾根崎心中』以外にも、『心中天網島』『今宮の心中』『心中宵庚申《よいごうしん》』など、多数の心中物を書いている。これらはほぼ事実に基づいていて、当時の大坂の町人たちのすがたをそのまま描写しているといっていい。

じつは、そのなかに「南無阿弥陀仏」とか「なんまんだぶ」とか「なまいだ」という念仏の言葉が頻繁にでてくる。

編集者が数えたところ、くり返しも含めて『曾根崎心中』には八回、『今宮の心中』には六回、『心中天網島』にはなんと二十五回もでてくるそうだ。

しかもすべて「南無阿弥陀仏」が基本形なので、これは江戸時代の大坂の町人たちのあいだに、いかに真宗の信仰が根づいていたか、という証明にもなるだろう。

対照的に、西鶴の作品では人が死ぬ場面が少ないため、念仏を称えることもめったにない。少なくとも、『好色一代男』『日本永代蔵』『世間胸算用《せけんむねさんよう》』の中には「南無阿弥陀仏」という言葉は一回もでてこないそうだ。

西鶴の場合は、金儲けをしようとするなら神仏を頼むようではだめだ、と書いているほどなので、自分の作品のなかでは、大坂の人びとが日常的に口にしていた「南無阿弥陀仏」という言葉を意識的に避けていたのではないか、という気もする。

渡来人を受けいれてきた国際性

大阪を訪れるとき、どこかホッとした気持ちを感じるのはなぜだろう。

それは、大阪の人たちの官僚的ではないフレンドリーな対応や、リラックスした雰囲気や、大阪弁などもあるが、それだけでなく「大阪は国際都市だ」という実感があるのも大きい。

東京はどういうわけか国際都市という実感が意外にない。また、京都は祇園祭《ぎおんまつり》の山《やま》はあるまいか。という数値の、うたのは確かだ。

鉾《ほこ》などを見ると、非常に国際色が豊かで、ハードの面で国際的な都市だと感じることはある。

それに比べて、大阪は「在日外国人」の人たちの数が日本のなかでもっとも多い都市、混合度の高い都市ではないか、という感じがするのだ。

『在留外国人統計』の平成十（一九九八）年末の調査によれば、日本には総人口の約一・二パーセントに当たる百五十一万二千百十六人の在留外国人が登録されている。そのなかで、全国トップの東京都の二十六万二千六百十三人に次いで、大阪府には二十万七千三百六十七人が住んでいる。つまり、人口比からいえば、在日外国人が日本一多いのは大阪だといっていい。

特に大阪市だけで見ると、人口の約五パーセントを在日外国人が占めている。これほど多くの在日外国人が、日常的に一緒にとけこんで暮らしているというのは、すごいことではないか。

また、在日外国人のなかでも在日コリアンの人数で比較すると、大阪が全国一である。

歴史をふり返ってみても、古代から難波の港には、船でさまざまな渡来人たちがやってきていた。彼らはここを起点として順次、堺へいったり大和へいったり、各地へ分布していったにちがいない。

そして、当時の最先端をいく職業に従事する人たち、たとえば土木工事の技術を持っている人や、薬草学の知識を持っている人、あるいは何か特別な情報を持っている人、こういう人たちのほとんどは、大陸半島経由の渡来人だった。

そうすると、そもそも古代から、大阪は日本のなかでもっとも先進的で国際的な都市であって、エキゾチックな場所だった、と考えるのが自然だろう。

実際に、いまも鶴橋《つるはし》のあたりを歩くと、在日コリアンの人の店がたくさん並ぶ商店街があって、活気がみなぎっている。鶴橋は戦後の闇市から発展してきた町だ。ＪＲ鶴橋駅の東側の高架下一帯は、まるで迷路のような路地になっていて、約七百軒もの店が軒を連ね、店頭はエスニックな食料品、衣料品、雑貨であふれている。

いま、日本では「東京一極集中」が顕著だ。確かに、地方都市にもテレビ局や新聞社やいろいろな文化施設がある。ただし、週刊誌、月刊誌、単行本などの版元を見てもわかるとおり、出版社の大半は東京都内に集中しているといっていい。

私は、これは非常に不自然なありかただと思っているのだが、たとえば、大阪ほど

鶴橋の商店街の店頭に並ぶ、エスニックな衣料品や食品

大きな都市に、グラビア印刷機がこれほど少ないという話を聞いて、愕然《がくぜん》としたことがある。

東京一極集中という体制のなかで、これから先の大阪はどういうふうに再生していくべきなのか。

それは、かつての大阪のすがたを蘇らせることではないだろうか。

つまり、より多くの外国人を生活者として積極的に受けいれる。そういう人たちに、東京などではありえないくらいのいろいろな自由を認め、待遇や保護を与える。

極端な話をすれば、外国の人たちが過半数を占めていて、そこで生活しているというような環境をつくりだすことが、もっとも刺激的な、また活況をこの町に取り戻すひとつの方法ではないか、という気がしている。

もちろん、それは危険な問題もはらんでいるだろうし、そうした指摘を受けることも十分承知のうえで、あえて乱暴なことをいうと、いま新しい技術や、新しい思想や、新しい能力を持っている人たちをどんどん大阪に受けいれて、そういう人たちと共生することも、大阪を再生させるためのひとつの選択肢ではないのか。

これには異論もあるだろう。しかし、歴史をふり返るということは、将来どうしていくのか、と考えるのに等しい。私は、在《あ》りし世のこの町のすがたを想像すると、ぜひ大阪にそういうものを取り戻したい、という気持ちにさせられるのだ。

大阪人のこころの奥にある見えざる深層海流

いわば大阪を城下町としてではなく、寺内町として考えるのである。同朋意識を持った名もない大勢の「民」が中心になって行う町づくりである。本来、「民営」とはそういうことだろう。

東京は城下町でいい。江戸城の周りにできた官僚支配の町で結構だ。だが、大阪はそれとは違う道を選んでほしい。かつての寺内町のような繁栄と活気を復活させることが、大阪にとってはおもしろい道になるのではないか。

大阪は非常に大きな包容力を持つ都市である。現在、東京で認められて活躍している大阪人だと思われている人のなかには、じつは大阪出身ではない人も多い。彼らは大阪の文化にどっぷり浸かってきて、そのなかで自分の人間性形成をして、一所懸命に学んで、大阪という後光《ごこう》を背負って活躍しているのだ。

私は、大阪という都市はよそ者を寛容に受けいれて、これからはもっとそういう人たちの才能を開花させていく役割を果たしてほしいと思う。大阪の未来は、そういうところにかかっているのではないだろうか。

よそから来た人たちは、胸をどきどきさせていろいろなものを見て、いろいろな刺激に驚き、いろいろなものをむさぼるような好奇心で学ぶ。おそらく、よそ者のほうが一所懸命にその場所のすべてを吸収しようとするはずだ。

私も九州の山奥からはじめて東京にでてきたときは、いく前からわくわくしていた。当時の流行歌で東京に憧れて、丸の内にいけばみんな美人だろうとか、日比谷公園を散歩してみたいとか、夢の世界のように思っていた。

そして、東京に着くと手はじめに「はとバス」に乗ってみる。旧吉原遊郭の跡で「花魁《おいらん》道中」なんていうショーを見せてもらったり、東京タワーにのぼったり、ありとあらゆる東京をしらみつぶしに見物して、「ああ、永井荷風《ながいかふう》の『濹東綺譚《ぼくとうきだん》』にでてくるのはここか」とか、いろんなことをいいながら歩きまわるのだ。

むしろ、東京の下町の浅草の人が一度も東京タワーなどのぼったことがないとか、山の手の人が新宿なんか恐くて一度もいったことがない、というのはよく聞く話で、そういう東京人は山ほどいるのではないか。

私が、東京タワーにのぼったというと、東京の人にはびっくりされるのだが、田舎者は都会人よりはるかに都会の持つ魅力に憧れつづけている。

過去をふり返ってみても、江戸期から残っている東京の美しさを文章や絵に表現し、日本中のたくさんの人たちにそれを喧伝したのは、意外に東京生まれではない人が多い。

江戸っ子を気取って、「あいつは粋《いき》じゃない」としょっちゅう文句をいっていた斎《さい》藤緑雨《とうりよくう》は、じつは三重県鈴鹿の人だった。小村雪岱《こむらせったい》と組んで東京の美というものを表現し、私たちの血を騒がせた泉鏡花《いずみきようか》は、石川県金沢の人である。

その小村雪岱は、挿絵や舞台装置の絵などを描いて、東京の美を私たちに再発見させた絵描きだが、じつは彼も東京の人ではない。葬式のときに、はじめて彼が埼玉県川越出身だと知った知人たちは、「あれ、雪岱さんは江戸っ子じゃなかったのかい」と驚いたという。

そうしてみると、よそ者が見る目にも、一面の真理があるのではないか。本当の大阪の魅力というものを、むしろ大阪を見物に来た外国の人たちや、よその町から訪れた人たちがもっと発見すべきなのかもしれない。

それと同時に、私たちは、いわゆるステレオタイプの大阪人気質を鵜呑《うの》みにして、大阪は儲かるか儲からないか、損か得かでやっているところだとばかり考えずに、もっと深い系譜がこの町にはあるのだ、と考えたほうがいいのではないか。

大阪の人たちの合理主義といわれる生活様式の背景には、五百年来の寺内町の人間の知恵と深い信仰心というものが、本人たちも意識していないところで、深層海流のように存在しているのではないか。

その大阪に生きる人たちのこころの奥の奥には、ある敬虔な宗教心、あるいは大いなるものに対する感謝の気持ち、気高い精神性のようなものがあるのではないか。

大阪というのは、もしかしたら巨大な宗教都市ではなかろうか。それは町の歴史だけではなく、いまここに生活しているたくさんの人びとのこころの中にも、連綿と流れつづけているのではないだろうか――。

第二部　日本のなかの〝異国〟を歩く

京都は前衛都市である

はじめて京都に住んだときの驚き

じつは、京都には過去二回、それぞれ三年ずつ計六年間住んだことがある。

私が駆け出しの小説家としてデビューしたのが、一九六六年。元号でいうと、昭和四十一年だ。その前年、当時のソ連のモスクワ、レニングラード、北欧とまわる旅をして、その体験を書いたのがデビュー作の『さらばモスクワ愚連隊』である。

それが新人賞を受賞して、あっという間に、当時のものすごく活気があった文芸ジャーナリズムの嵐のようなエネルギーに巻きこまれてしまった。自分でも、何をやっているのかわからないままに、一時は狭心症でも起こすのではないか、というくらい酷使《こくし》される毎日だった。それはそれで、快感もあったのだが。

そういうなかで、一九六八年にパリ五月革命が起こって、たまたまその渦中にいたり、パリからプラハへいって、ソ連の戦車が町を蹂躙《じゅうりん》している光景を見たり、帰国すると、六九年が神田のカルチェ・ラタン闘争――。そんなふうに、世界中が騒然としていた時期で、その時代の風に運ばれるようにして、自分も突っ走っていたような気がする。

そして六九年が終わり、七〇年の安保闘争があり、七一年、七二年になるとそのリアクションがやってきた。

デビューして七年目くらいになり、そのころから、自分の生活というものに一種の違和感を感じはじめて、あらためて自分の足元を見つめ直してみよう、という気持ちになった。

実際は、そんな殊勝なことではなく、単純にいえば疲れたということだったのかもしれないが、突如として三年間、仕事を止めることにした。それが第一回目の休筆である。

そのときは、「デビューしたての新人がなんと生意気な」とか、「文芸ジャーナリズムはそんなに甘いものじゃないぞ」とか、「戻ってきてもすぐに仕事があると思うなよ」とか、ずいぶんいろいろなことをいわれたものだ。でも、それならまた新人賞を取ってやり直せばいいじゃないか、などという不逞《ふてい》な考えで、三年間執筆活動を休止したのだった。

休んでいるあいだは東京周辺にいても仕方がないので、それならどこかへいこうと、長崎や函館《はこだて》などいろんな場所をロケハンして、ふさわしい場所を探し歩いた。そうしてあちこち見ているうちに、ほとんど自分が知らない町に出会った。それが京都だったのである。

私は九州生まれの植民地育ちで、修学旅行に京都へ来るなんてこともなかった。そのため、私にとって京都というのはまったく未知の町だった。にもかかわらず、はじめて訪れたとき、なんとなくなつかしい感じを受けた。

周りにはなだらかな山々がめぐり、盆地に町が広がっていて、町並みも割に平坦で、そのなかを川が流れていて、夏は暑く、冬は寒い——。

あのなつかしさはなんだったのだろう、といま分析してみると、たぶん、どこか自分の記憶のなかにある町の雰囲気と、重なる部分があったのだろう。

韓国の慶州《キヨンジユ》とか、いまは北朝鮮側に属している開城《ケソン》などは、それこそ朝鮮半島のなかの千年の古都という町なのだが、波打つような瓦屋根がずっとつづいていて、本当にいい雰囲気の町だった。子供ごころにそのたたずまいが記憶によく残っているが、京都はその慶州や開城になんとなく似ている、と直感的に感じたのだろう。

また、京都の人びとの物のいいかたやふるまいを観察していると、もの静かだったり、あるいは屈折したものがありながら、その芯の部分には非常に強いものやプライドがある、という印象を受けた。こういう町に一度住んでみるのは、自分にとって大事なことではないか、という気がしたのだった。

しかも、私はものごころついてすぐ外地の植民地で育っている。そういう人間が、日本というものの本当のすがたを知らずに物書きになった、などというのは非常にこころ細いことだ、ここで本当の日本のすがたというものを短い期間でも学んでみよう、ということもあった。当時の私は、京都と奈良は日本のシンボルだ、と思っていたのである。

私が京都へいく、ということがあちこちに伝わったときに、大学の恩師の友人だった井伏鱒二《いぶせますじ》氏がわざわざ葉書をくださった。それには「京都というところは芸術家をだめにするから、気をつけたほうがいい」というようなことが書かれていた。そのときは、意味はよくわからなかったが、京都にはよほど楽しいことがあるのか、という感じがした。

未知の土地にいって住むことに関しては、私は父親が官吏をしていて、転勤、また転勤という暮らしだったので、自分なりに経験を積んでいたつもりだった。知らないところへいって暮らすのは、私にとってはごく当たり前のことだったともいえる。

小学校は四回、中学校も二回くらい転校している。転校生が、転校先の生徒たちの間にどうやってはいっていって、どういうふうに受けいれてもらい、どういうふうになじむのかというのは、特別なカルチャーを要するほどむずかしい。

まして、外地から引き揚げて九州に帰ってきたときは、言葉も生活習慣も違うところで、周囲の人びとと共存していかなければならなかった。そのため、知らない土地でエトランジェとして暮らすコツが、どうやら子供の時分から自然に身についてしまったらしい。

そういうわけで、京都に住むと決めた際も、私は異邦人として暮らすことに関しては、かなり自信があったというか、大丈夫だという気がしていた。

とりあえず、京都へ来たからといって「おれは京都の人間だぞ」みたいな大きな顔だけは絶対にしない、「長期滞留旅行者」としてひかえめな態度を取る、税金はきちんと払い、公害は出さず、一所懸命お金も使う、というこころ構えでいた。

そんなふうにして、平安神宮のすぐ西横の聖護院《しょうごいん》にあるマンションに住んだのだが、これは本当に居心地のいい三年間だった。

マンションのすぐ近くには京都市立芸術大学があって、朝はそこの学生が弾くチェロの音で目が覚めた。そんな素晴らしい環境のなかで、私は京都の日々を満喫した。

京都の人たちも、自分たちの生活に割りこんでくるようなことをせず、長期滞留旅行者としての分《ぶん》をこころ得て、税金も払ってくれるというような人間に対しては、掌《てのひら》にのせてころがしてくれるようなところがあって、そういう巧みなあしらいを受けたような気がする。

北野天満宮のきつね丼を食べる

そうやって実際に京都に住んでみて、京都はいいなと思ったのだが、同時に、外国人が日本の文化を見てエキゾチックに感じるような印象も持った。

そして、私にとっては大発見をすることになった。

「京都は日本とは違う」と実感したのである。

こういういいかたをすると、京都の人たちには怒られるかもしれないが、ある意味では「日本のなかの異国である」という感じを受けたのだ。

たとえば、私が住んでいた聖護院から西陣《にしじん》のほうへずっと歩いていくと、町屋や工場などから京都の人びとの日常の会話が聞こえてくる。

ここで交わされている日常会話のけたたましさ、激しさは思いがけないものだった。よく映画やテレビドラマなどにでてくる、祇園《ぎおん》あたりのはんなりした京言葉とは似ても似つかぬ、攻撃的で直截《ちょくせつ》な激しい言葉遣いなのだ。京都とは本当はこういうところなのか、と私は強い印象を受けた。

それから、いまはスーパーマーケットに変わってしまったが、当時は近所に八百屋さんがたくさんあって、よく買い物をしにいった。その八百屋さんのご主人が、最初は非常に愛想が悪い。

これは、横浜の中華街でも同様で、最初のうちはお世辞にも愛想がいいとはいえない。しかし、二度、三度と重ねてその店に通うようになり、顔を覚えてもらえるようになると、そのあとは家族のように本当によくしてくれる。

京都にもそういう感じがある。くり返しその八百屋さんに買い物にいっているあいだに、少しずつそこのご主人に顔を覚えてもらうようになると、「ああ、じゃあこれは今日は負けてやる」といってくれるようになった。

しかも、その「負ける」というのが何十円とか何百円ではなく、六円とか七円とかいう半端な何円単位の負けかたなのだ。それを堂々と「負けてやる」というあたりや、人間に対して情が少しずつ移ってくるあたりが、やはりここはふつうの日本の町の雰囲気とは違う、という感じがしたものだった。

そして、その八百屋さんの店頭には、とても料亭ではこれは仕入れないだろう、と思えるような形や色合いのものが多く並んでいる。その代わり価格はとても安い。茶色に変色してしなびかかっているバナナなども置いてある。それはそれで、見栄えは悪くても、食べる分にはまったく差し支えない。

京都の名のある料亭などに招待されていくと、じつに贅沢な食べ物がいろいろでてくる。京都は、ありとあらゆる素晴らしい野菜にはじまり、魚であれ、なんであれ、珍味は全部そろっているといわれるくらいだが、それとは対照的に、実生活は非常につましい。

京都にある贅沢でお金がかかる立派な店や超高級品などは、よそから大金を使いに京都へやってくるお客さんのためのもので、京都の人たちは、実質的なものをきちんと日常生活のなかで使っているんだな、という感じがした。

もうひとつ印象に残っているのが、北野天満宮にいったとき、お昼になったので、近くのうどん屋さんにはいったときのことだ。

その店のメニューに「きつねうどん」ならぬ「きつね丼」というのがあったので、これはなんだろうと注文すると、ご飯の上に味のついた油揚げが一枚、座布団のような感じでぺたんと載ってでてきた。刻んだネギがその上にあって、周りでは職人さんのような人たちもそれを食べている。

もちろん、びっくりするくらい値段は安くて、美味しかった。なんと質実な慎ましい昼食だろう、と思った記憶がある。それ以来、北野天満宮と聞くと、私は必ずこのきつね丼を思い出す。京の雅《みやび》、あるいは千数百年の歴史を体現する文化とは別なところで、きつね丼などというものを見ると、ぽっと風穴が開いたような感じがするのだ。

私はそのころ、下駄を履いて町をあちこち歩いたり、古本屋を回ったり、いろいろなことをしていたのだが、京都には古本屋でも仏教書の専門店などがあって、それもまた非常におもしろかった。

たまたま本願寺のあたりを歩いているときに、龍谷《りゅうこく》大学の正門のほうから校舎を眺めて、なんと趣《おもむき》のある学校なのだろうか、と思ったのも鮮明に覚えている。

最近の大学というと、ホテルか工場のように殺風景な建物が多いのだが、この龍谷大学の校舎には不思議な趣があった。文学部の建物は当時は木造で、白っぽいペンキが剝《は》がれかかっていたり、建物がやや傾《かし》いだりしていたが、なんともいえず、そのたたずまいが落ち着いていた。

そして、女子学生や男子学生が正門を出入りするときに、軽く頭を下げて一礼していく。バイクでやってきた学生が、ヘルメットを脱いで、正面の講堂の額に向かってペコリと頭を下げ、それからなかに入っていくのも印象的だった。

それまで、そういう風景を見たことがなかったので、いまどきこういう大学があるのか、とやや驚きを感じるとともに、なかなかおもしろそうな大学だと思ったのだ。

そのときはもちろん、まさか自分が後にその大学へ通うなどとは、考えてもいなかった。

人生なかばの休憩期間に仏教を学ぶ

そういう事情で、七〇年代の三年間を私は京都で過ごしていた。その間に少しずつ次の小説の構想を練ったりしていたのだが、『戒厳令の夜』という小説を書いてカムバックすることになった。

当時はゲバラ、カストロあたりが若者のアイドルという時代だったので、一九七三年にチリで起こったピノチェトの軍事クーデターは、非常にショッキングな事件として記憶に残っている。私がこの小説の構想を得たのは、その軍事クーデター後のチリを訪れたときだった。

執筆を再開してからは、また相変わらず文芸ジャーナリズムの渦のなかに巻きこまれて、昼も夜もないような生活をつづけることになった。そして、再び七年くらい経ったころ、自分の内部にいろいろ精神的なものが生じてきたのだった。

じつの弟が急逝《きゅうせい》する、という出来事も大きかったのだろう。また、五十歳という俗にいう男の更年期がはじまる時期、ということもあったのだろう。そうしたことから、私は五十歳からの三年間、もう一度仕事を止めることにした。それが第二回目の休筆である。

今度は最初から京都に住むつもりだった。そして、ぜひ仏教を勉強したいと思っていたので、知りあいの先輩である龍谷大学ＯＢの人に頼んだところ、聴講生として入学できることになった。

聴講生とはいっても、一応試験のようなものもあった。困ったのは、手続きをする際、前に在籍していた大学の卒業証明書と成績証明書を提出せよ、といわれたのだが、私は早稲田大学を除籍になっていたため、在学したという資料がまったく残っていない。しかたがないので、福岡で通っていた高等学校から成績表を取り寄せて、それを提出してやっと入れてもらうことができた。そして、一日目から、胸をときめかせて登校した。

そういうわけで、龍谷大学には格別な思い出がある。母校といっては大げさかもしれないが、第二の母校のような存在だといってもいい。この後、第三の母校が見つかるかどうか、それがあると本当に楽しいと思うのだが、果たしてどうだろうか。

龍谷大学はもともとは本願寺系の大学で、いわば仏教のミッションカレッジだった。しかし、仏教学部以外の分野も充実して、いまは理工学部もあり、野球も強いという定評があって、ほとんどふつうの大学と変わらなくなっている。

京都で新聞記者をやっていたころの司馬遼太郎氏が、この大学の図書館にしょっちゅうやってきて、寝そべってシルクロード系統の資料を読み漁っていた、という話も聞いたことがある。

いまでも目に浮かぶようだが、私の恩師で、のちに龍谷大学の学長を務めた千葉乗隆《ちばじょうりゅう》先生が出席簿を持って、スリッパを履いてペタペタと廊下を歩いてきて、黒板の前に立って講義をしてくださった。

私は、自らお願いして入学した学校なので、できるだけ教室の前のほうに陣取っている。そして、千葉先生に「なにか質問は?」といわれると、すぐに手を挙げて質問をする。周りの若い学生たちに、「もう、あのおじさんがいろんな質問をするから、話が長くなっちゃう!」なんて嫌がられたものだ。

とにかく、龍谷大学で千葉先生の講義を受けたことは、私の後半生を決定するくら

龍谷大学キャンパス。学舎は国指定の重要文化財である

い大きな契機だったと思う。

蓮如や親鸞、仏教全体へのパースペクティブ、あるいは日本の農村というものの成立から、どのように共同体として形成されていくかという過程を学び、それらへの関心が深まった。さらには「隠れ念仏」とか「隠し念仏」についても、いろいろごちゃ混ぜに勉強させてもらった。

とりわけ蓮如についてのいろいろなこと、近江地方（現・滋賀県）における蓮如の教線や、惣村《そうそん》から講《こう》の成立に関する話などはじつに興味ぶかかった。授業がない日、ひとりでノートを片手に、蓮如ゆかりの地である近江の堅田《かたた》あたりを歩きまわったこともある。そのなかから、その後の自分の勉強につながることをずいぶん見つけ出したような気がする。

いまでもよく覚えているが、「十牛図《じゆうぎゆうず》」という昔の禅宗の修道《しゆどう》の過程を、イラスト入りでおもしろく、大変わかりやすく説明したものがあって、そのテキストを見ながら先生の講義を聞いた。

そのとき、勉強するということはこんなにおもしろいことなのか、と目を開かれた思いだった。二十代のころは、大学の授業を受けるのがいやでしかたがなくて、なんとか授業をサボろうとしていたものだった。休講にでもなれば、手を叩いて喜んでいた。ところが、自分で志願して聴講生になったときには、もし休講にでもなろうものなら憤然として、怒りを感じるほどだったのである。

二十代のころというのは、特別な人を除けば、なかなか勉強する気にはならないように思う。なんといっても、友達と遊んでいるほうが圧倒的に楽しい。しかし、五十歳過ぎたころにもう一度、五年間くらい仕事を休んで改めて大学へいけば、学問というのがいかにおもしろいか、ということを身にしみて感じることができると思う。大学は二度いくべきだ、というのが私の持論である。

二十代では友人をつくって遊びもする。四十代か五十代に人生なかばでの休憩期間みたいなものを持って、もう一度大学にはいり直して勉強する。これは人生にとって大事なことだし、できればそうしたいと思っている人もたくさんいることだろう。その意味で、私は大変贅沢な体験をさせてもらった、と思っている。

聴講生になって最初の二年間は、前と同じ聖護院のマンションから下駄を履いて通っていたのだが、三年目になって横浜に移ることになった。しかし、その後も、週二回ほどの授業には新幹線に乗って京都駅で降りて、近くのホテルで朝食をとってから授業にでる、という日々をつづけていた。

こうして京都で二回暮らしてみてつくづく感じたことは、京都はなんと懐の深い町だろう、ということだった。

当時、私の住居に来ていた左京区の税務署の人が品のいいおじさんだったのだが、そのときはなにも気づかずにいた。あとでうかがった話では、あの人は「百人一首」の研究では、東京の大学の先生なども教えを乞いに来るような在野の研究家だ、というのだった。

いやいや、それはどうも……とびっくりして、それからはもう、税務署の人だろうが市役所の人だろうが、ひょっとしたらこの人は大学者かもしれない、と思ってできるだけ腰を低く、えらそうなことはいわないように気をつけたものだ。

そういうなかで、二回目の京都暮らしでは、実際に京都の生活というものに少し触れることができたのではないかと思う。外国からはいってきたものがどのように日本化され、アイデンティティとして根づいていったか、あるいはカルチャーや生活のなかにどのように反映されていったか、ということも実感することになった。

そして、一回目のときには「ここは日本ではない」と思ったのだが、今度は「京都はやはり日本だ」と感じることができた。

その代わり、二回目に強く感じたのが、京都は日本のなかでもっとも先端的な国際都市であり、つねに新しさを求めてやってきた町、つまり「前衛都市」である、ということだった。

京都は千二百年の歴史と伝統がある「古都」だ、と思っている人がほとんどだろう。

しかし、私は「京都は前衛都市である」といいたい。

つねに新しさを追求してきた都市・京都

京都といえば、観光ガイドブックに紹介されている神社仏閣、あるいは祇園の舞妓さん、祇園祭など、絵はがきのような風物を思い浮かべる人が多い。

しかし、たとえば、祇園祭でもあの「山」や「鉾《ほこ》」を見ると意外な発見をする。これについては以前、『燃える秋』という小説のなかでも書いたが、祇園祭は非常にインターナショナルでエキゾチックな祭りである。ビルのあいだの大通りを巡行する山や鉾の四面を飾る前掛け、胴掛けなどに使われているデザインや素材を見ると、まるで国際デザインコンクールさながらで驚かされる。

「日本三大祭」などというので、とにかく古いものばかりだろうと思っていると、当時のもっとも新しいものや、珍しい光景や、絢爛豪華《けんらんごうか》なものだったりする。かつて、日本に流れこんできた異国の文化のエッセンスともいうべき素晴らしいものが、一堂に集まっているという印象さえ受けるのだ。

中国製の緞通《だんつう》や綴錦《つづれにしき》、ペルシャやトルコの緞通、ヨーロッパ諸国製のタペストリー、ゴブラン織りの飾り物、インド製の刺繡《ししゅう》。祇園祭の山や鉾は、このようなさまざまなものによって飾られているのだが、その国際色の豊かさには目を奪われるほどだ。

そのなかには「蝦夷錦《えぞにしき》」というのもある。これは「蝦夷から来た錦」の意だが、実際には中国の絹織物で、北京や旧満州、いまの中国東北地方をへて、沿海経由でサハリン、北海道、東北へと伝わって京都にたどり着いた、といわれている。

ある小さな鉾の胴掛けのビロード地の上に描かれているのは、なんとピラミッドとヤシの木の図案だった。それを見つけたときの驚きを、いまさらのように私は思い出す。

あの装飾の氾濫というのは、ある意味では俗悪にさえ見えるのだが、そこには豪壮な美意識のエネルギーが溢れている。

東南アジアのどこかに、この山や鉾と非常に似た形のものがある、と聞いた記憶もある。とにもかくにも、祇園祭の山や鉾は、クラシックな日本的な祭りというよりも、京都が鋭敏なアンテナで諸外国から最新のものを集めてきて、ここに贅を尽くして飾り立てたもの、という感じがするのだ。

そう考えると、たとえば、東寺《とうじ》（教王護国寺《きょうおうごこくじ》）の五重塔が低層の民家の上にそびえ立っていたころというのは、まさにニューヨークにエンパイア・ステートビルが出現したときと同じだったことだろう。東寺の五重塔は日本一高い五重塔で、高さは基壇を含めて約五十七メートルもある。これまでに四度の火災にあって、現存するものは五代目だそうだが、当時もこれとほぼ同じ規模だったと推定されている。まさに、威圧的な高層建築だったにちがいない。

そもそも、碁盤の目のように道路が走っている町など、日本では珍しい。新しい首都として延暦《えんりやく》十三（七九四）年に造営された平安京は、中国の洛陽《らくよう》・長安の町に見立てられているというのが定説だ。あの碁盤の目のような「坊条制《ぼうじょうせい》」は、当時の最先端の都市計画を導入してつくられたものだろう。

このように、京都の人びとは異国渡来の人や文物に対して寛容だった。早くから外来文化に慣れ親しんでいたことが、新しがり、新し物好き、ということにもつながったのだろう。京都はつねに新しさを求めてきた町だともいえる。

南禅寺の疎水に見る新しさと古さ

改めて歴史をふり返ってみると、京都が発祥の地になっているものはたくさんある。

たとえば、出雲《いずも》の阿国《おくに》は、鴨川の河原に近いところで、当時巷《ちまた》を闊歩《かっぽ》していたかぶき者の風俗を真似たデカダンな舞踏劇、いわば新しいミュージカルを演じたが、それがのちの歌舞伎として定着した。

また、活動写真、時代劇などの大衆的な映画も京都から発展している。明治三十(一八九七)年、京都の稲畑勝太郎《いなはたかつたろう》という人が、留学先のフランスから持ち帰った映写機の試写会を四条河原町で行ったのが、日本最初の映写機による試写だという。

戦後、日本映画は黄金時代を迎えるが、名作として国際的にも高い評価を得た黒澤《くろさわ》明《あきら》監督の『羅生門《らしょうもん》』、溝口健二《みぞぐちけんじ》監督の『雨月物語《うげつものがたり》』『山椒大夫《さんしょうだゆう》』なども、すべて京都の太秦《うずまさ》で撮影されている。

あるいは、京都の産業というと、絹織物や染色、漆器などの伝統工芸品がすぐに思い浮かぶが、明治維新後、京都では停滞していた西陣の将来を憂えて、フランスのリヨンに西陣の織工たちを送りこんだ。

彼らは、リヨンで当時の織物の世界の最先端の技術を学び、最新鋭のジャカード織機を携えて帰国した。それがきっかけになって西陣は再生したのである。

その一方では、海外から多数の外国人技術者を招いて技術指導を受けることで、産業の近代化を図った。なかでも、ドイツ人のゴットフリート＝ワグネルという人は、清水焼《きよみずやき》など陶磁器業の技術革新に功績を残したことで知られている。

ちなみに、西陣では近年、二度目の再生を目指してコンピュータ・グラフィックス（CG）を利用するなど、技術革新に努めている。デザイナーが描いた図柄をスキャナーで読み取り、そのデータをコンピュータに入力することで、大幅に工程の省力化が図れただけでなく、自由にデザインを修正したり作成できるようになった。

同様に、京友禅の業界でもコンピュータの導入が進み、西陣織や京友禅のデザインをデジタル保存するという、日本でははじめての試みも行われているそうだ。

こうした京都の先進性が、戦前から戦後にかけて、島津製作所、立石《たていし》電機（現・オムロン）、京セラ、ローム、堀場《ほりば》製作所など、京都生まれの名高いハイテク企業やベンチャー企業を輩出することにつながったのだろう。トランプやかるたからスタートし、現在ではファミコンで世界を席巻する任天堂《にんてんどう》も、京都生まれの企業だ。

さて、再び明治時代に目を転じると、政府による学制が発布される前に、全国に先駆けて小学校や図書館を建設したのは京都だった。ここにも、京都の人びとの学問や教育への関心の高さが表れていると思う。

とりわけ、明治以降の京都の産業近代化の原動力となったのが、明治二十三（一八九〇）年に完成した琵琶湖《びわこ》疏水の建設だった。左京区の南禅寺境内には、ローマの水道を思わせる赤煉瓦《あかれんが》造りの水路閣《すいろかく》があるが、いまでは欠かすことのできない景観として定着している。

これも、当時は大変な大事業だったにちがいない。この疏水の建設は、京都―大津間の運輸と交通の便を図ることに加えて、飲料水の確保、衛生上の利便などが目的だった。さらには、日本最初の水力発電所もつくられている。

その発電所から送電された電力が、市内のアーク灯や電話、紡績、機械工業の動力として幅広く使われ、「北野のチンチン電車」と呼ばれた、日本最初の路面電車の開通にも結びつく。

一方、政治の分野では、昭和三（一九二八）年に日本初の普通選挙が行われた。このとき、全国で京都だけ無産政党代議士が二名当選している。そのひとりが「ヤマセン」と呼ばれて親しまれた山本宣治《やまもとせんじ》だったが、その後、彼は右翼団体の団員に刺殺されて四十一歳の若さで亡くなった。

昭和 45 年開店。LP のジャズが流れる YAMATOYA

戦後になってからも、昭和二十五（一九五〇）年に行われた京都市長選で、政令指定都市でははじめての革新市長が誕生している。同年の京都府知事選では革新系の蜷《にな》川虎三《がわとらぞう》氏が当選し、七期二十八年にわたって蜷川知事による革新府政がつづいた。

音楽の面でも、京都は一世を風靡《ふうび》した「ザ・タイガース」や「ザ・フォーク・クルセダーズ」がここから生まれたり、いち早くモダンジャズがはいってきたり、ロックやブルースのメッカとしても知られている。かつて、ほとんどのミュージシャンは一度は京都で禊《みそぎ》をする、といわれたほど特別な場所だったのだ。

ライブハウスやジャズの店も京都にはた

くさんあった。関西のジャズの愛好者の間では有名な「YAMATOYA」という老舗《しにせ》のジャズ喫茶は、たまたま私が住んでいた聖護院のマンションのすぐ近くにあったので、当時は毎日のように通ったものだった。

そのころの「YAMATOYA」は、二階ではやや肩が凝るようなハードなジャズを、一階では比較的スタンダードなジャズ、いわゆる「やさしいジャズ」を聴かせるようになっていた。私はその「やさしいジャズ」といういいかたに少々反発を覚えて、ジャズというのは論ずるようなものではないといって、あえて二階にはいかずに、一階のほうにずっと通っていたのを思い出す。

その「YAMATOYA」は、いま訪れてもほとんど昔と同じような形で残っていて、店内には昔のままのLPの音が流れている。ほとんどCDしか聴かなくなったこのごろでは、LPの音がなんともいえずなつかしい。

さらに、京都はエスニック料理の店が非常に多い。カンボジア料理とかラオス料理、東京でも珍しいフィンランド料理の店まであって、ありとあらゆる国の食というものが京都には集まっているようだ。

こうして見ると、京都は古い町だといわれるけれども、じつはなんでもいちばん新しいことを大胆に取り入れてきた町、進取の気性に富んだ町で、取り入れたものが古くなったから古く見えるだけではないのか、と思えてくる。

奈良は非常に古い日本が眠っているところだが、京都はただ古いだけではなくて、なにか新しいものがものすごい勢いで地面から湧きあがってきて、それが大事にされて古くなった町、ともいえるのではないか。

京都は、絶えず新しいものが次から次へと、古い地表を破って隆起してくるような町なのだ。そういう印象を私は持っている。

鴨長明はヒッピーの元祖だった

鴨長明といえば、『方丈記《ほうじょうき》』の冒頭の「ゆく河の流れは絶えずして、しかももとの水にあらず。澱《よどみ》に浮かぶうたかたは、かつ消えかつ結びて、ひさしく留まりたるためしなし」という一節を思い出す人も多いことだろう。

私は、この鴨長明がなんとなく好きで、少し調べてみたことがあるのだが、ある意味で彼は当時のヒッピー、いわばフラワーチルドレンのはしりみたいな青春時代を送った人なのである。

山に引っこんで、『方丈記』などというものを書いたので、世捨て人のように思われているが、彼があれを書いたのは五十歳くらいのとき。それまではむしろ、いろいろな形で俗世間にまみれて生きようとして、挫折した男だと思う。

特におもしろいのは、鴨長明が音楽青年だったことだろう。外国から渡ってきた珍しい弦楽器の音色に魅せられて、彼は一時はプロのミュージシャンになろう、という決意までしていたらしい。その楽器は日本では琵琶《びわ》、インドのほうでは「ピパ」と呼ばれていたようだが、いまでいうならエレキギターみたいなものだったにちがいない。

おそらく若き日の鴨長明は、長い髪を山伏《やまぶし》のように後ろで束ねた総髪《そうはつ》という髪型をして、中国かぶれのような異様な服装で、当時の最新楽器である琵琶をエレキギターのように弾き狂っていたのだろう。

当時、こうした舶来の楽器は大陸・朝鮮半島から九州を経由してはいってきていた。それで、九州に大変な琵琶の名人がいると聞いた鴨長明は、わざわざ九州までいって、その名人に弟子入りしている。彼はそれほど琵琶に夢中だったらしいのだ。

鴨長明のはっきりとした生年は不明だが、いろいろな研究によれば、保元《ほうげん》の乱の一年前に当たる久寿二《きゅうじゅ》（一一五五）年の生まれらしい。おそらく、そのころは、シルクロードや大陸渡りの新文明というものが、滔々《とうとう》と京都に流れこんできていた時代だろう。

京都にたくさんある寺々も、いま私たちの目に映るすがたは、長い歳月をへてきたために、黒ずんで典雅でしっとりと落ち着いた色彩になっている。だが、鴨長明の時代には、おそらくもっとけばけばしい色彩にあふれていたことだろう。木材もまだ白木のような若い感じで、その白木で建てられている寺のなかで、僧侶たちは華やかな緋《ひ》の衣や紫の衣や藍《あい》の衣を身にまとい、いまなら外国の横文字のようにハイカラな言葉だった漢語を交えて話をしながら、お経を読んでいたことだろう。

その僧侶たちの声が荘厳な音楽のように流れるなか、香木《こうぼく》が焚《た》かれ、あたりにはえもいわれぬ芳香も漂っていただろう。つまり、ドラッグが流行していたわけで、そういう当時の京都の風俗を考えると、当然ながら町にはヒッピーがいたはずだ。

古代の中国では、ペルシャにつづく西方を「胡《こ》」という字で表した。そのため、「胡」のつくものはペルシャ経由で伝わってきた文物であることが多い。そういうものが、この時代にはたくさん見られる。

それこそ「胡瓜《きゆうり》」などは向こうにはたくさんあるし、「胡椒《こしよう》」「胡桃《くるみ》」「胡蒜《にんにく》」「胡《ご》麻《ま》」「胡葱《ねぎ》」「胡豆《そらまめ》」などみなそうだし、「胡坐《こざ》」というのはあぐらを組むことである。「胡酒《こしゆ》」という酒はワインのようなものだろうか。「胡姫《こき》」という言葉もあった。たぶん異国から来た女性ダンサーのことだろう。そうすると、現在の外国人ホステスさんのいるワインバーのようなものがあったのではないか。

もしかすると、京都のどこかにはライブハウスみたいな場所があって、西方から出稼ぎに来た女性たちが楽器を演奏したり、歌を歌ったり踊ったりしていて、連日熱気にあふれていたのかもしれない。

こんなふうにいろいろ想像していくと、私には京都という町が、ある意味では猥雑で、ある意味ではごった煮のような国際先端都市、というイメージが湧きあがってくるのだ。いまでいえば、新宿の歌舞伎町みたいな場所だったのではないか、という気さえしてくる。

そんな京都で、鴨長明は本当はミュージシャンとして身を立てたかったのだろうが、それはかなわなかった。その代わりに、さしずめ現在の高級官僚を目指す試験に相当するものを受けて、下鴨神社の神官になる計画も持っていたらしいのだが、琵琶に夢中になったあまりトラブルを起こして、それにも失敗してしまう。

当時の琵琶の曲のなかには、「秘曲」といって、勝手に人前で演奏することを禁じられていたものがあった。ところが、彼はその秘曲を、それこそライブハウスで弾いていたときだったかもしれないが、興《きよう》にのって公衆の面前でつい披露してしまったらしいのだ。

そのことを密告されたためにスキャンダルとなって、彼は出世資格の神官の道から外れてしまう。結局、山へはいって一生ヒッピーで終わってしまうのである。

そんなことを考えていると、ヒッピーのはしりだった鴨長明が、異国趣味の服を着て、エレキギターのように琵琶を抱えて、京都の町中をうろついているすがたが髣髴《ほうふつ》としてくるような気がする。

とにかく、京都というのは、こんなふうにつねに時代の先端をいく「新しい町」だった。

その新しいものが、町の人びとに大事にされて残っていくうちに、何百年もたって現在のように古くなったのだ。私たちはそうやって古くなったすがたしか知らないが、はじめから古いものなど何もない。

京都の町並みや、町のつくりや、現存するさまざまな建築物などを見ていると、よくこれほど古いものが残っているな、とつい思ってしまうのだが、それが「新しいもの」として登場したときの京都のすがたを私は想像してみたい。ものさびた寺も、建った当初はピカピカで、けばけばしいほどだったのではないだろうか。

残念なのは、平安時代とか室町時代とか安土桃山時代くらいのものは非常に大事にされ、保存されているのだが、明治以降の建造物はあまり大事にされていないことだ。特に、赤煉瓦造りのバタ臭いといわれるような建物は、簡単に取り壊されてしまう。

現在、京都には明治時代につくられた煉瓦造建築がかなり残っている。三条通を富《とみの》小路通《こうじどおり》から西に烏丸通《からすまどおり》へ抜けるストリートは特に圧巻で、建築関係の文献によれば、日本のどこを探しても、これほど質の高い煉瓦建築が建ち並ぶ所はないという。

しかし、これらの建物でさえ、将来壊されないという保証はない。もし、こうしたものを壊さずに保存していけば、それが次第になんともいえない時代の古さを背負って、観光名所になる可能性もある、と私は思うのだが。

もちろん、京都にもいいところもあれば悪いところもある。しかし、「ディスカバー・ジャパン」という感じで京都に来て、観光名所を見て、「そうか、これが日本のこころか」などと思っていると、なにか大きな間違いを犯すような気がしてならない。

京都には、観光的につくられているイメージとはまったく違う〝顔〟がたくさんあるのだ。

荒々しい京都、不作法な京都、たくましい京都、えげつない京都、恐い京都——。

京都は商魂たくましく、したたかな町でもある。

そういうあまり語られない京都のいろいろな側面を、私は探ってみたい。

磨きぬかれた「市民意識《シティズン》」

したたかな市民意識《シティズン》の町

京都人の気質を説明するときに、よく引きあいに出される有名なものがある。「京のぶぶ漬け」だ。

ぶぶ漬けとは、要するにお茶漬けのことだが、京都で誰かのお宅を訪問して、長居をしていると、相手に「ぶぶ漬けでも」といわれる。それは「もうお帰りやす」「もう食事時でっせ」と暗に帰りをうながされていることだという。

そんな場面で、私のように九州出身の人間は、素直に喜んで「せっかくなのでご馳走になります」といってしまいそうだが、幸いに、というべきか、私は京都に住んでいたあいだ、そんなことに直面した経験はない。おかげで恥をかかずにすんでいる。生粋《きっすい》の京都人であり、フランス文学者である杉本秀太郎《すぎもとひでたろう》氏に、「京のぶぶ漬け」の話は本当かどうか聞いてみたのだが、確かにそういうことはある、ということだった。ぶぶ漬けを勧められて、「それはうれしいな」と喜んでご馳走になろうとするような客は、京都の人からは「アホかいな」と思われるのがオチだという。

それは、もちろん都会人らしからぬ野暮《やぼ》さ加減を揶揄《やゆ》されている、ということだろう。ただし、杉本氏によれば、京都の人間なら、どっちみち勧められてもろくな料理がでないから、「結構です」といって帰ったほうが賢い、ということもあるのだそうだ。

先にも述べたように、京都では、料亭などには贅を尽くした料理が並ぶが、日常生活は非常につましく、茶色く変色したバナナでさえ、八百屋さんの店頭で安く売られている。だから、「ぶぶ漬け」といったら、本当にお茶漬け程度のものしかでない、ということでもあるのだろう。

杉本氏に聞いた話では、たとえば昔の京都の町の商家で、丁稚《でっち》や番頭や女中をたくさん雇っているようなところでも、一カ月のうち魚がつくのはわずか三日程度で、それがいつといつというふうに決まっていて、山盛りにでるのは漬物だけだったそうだ。

商家に限らず、昔はどんな家でもじつに粗食で、一歩暖簾《のれん》の内にはいってみると、ごく粗末なものしか食べていない、というのも本当だったらしい。

とはいえ、この「京のぶぶ漬け」の話のように、いいたいことを真綿にくるんで婉曲に表現するというのは、都市におけるひとつの文化でもある。

それに関連して、私がおもしろいと思っているのが、京都の人たちの話しかたの特徴だ。京都の人は、あることをきちんと述べたあとで、「……というふうに、私は思うんですけど」とつけ加えることが多い。

つまり「留保形」でものをいうのである。「いま述べた意見はあくまでも私の意見であって、私はあなたに強制する気持ちはまったくありません。だけど、あなたにいわれて、私の考えかたを変える気持ちもありません」と主張しているのだ。

普遍的な原則として何かをいうのではなくて、あくまで個人というものに責任を取る。その代わり干渉は許さない。それが、京都の人の話しかたにも表れているのだろう。

このように、京都の人たちは自己と他者をきちんと区別する。他人の自由に干渉しない代わりに、自分の責任や義務は果たす。割り切り勘定もしっかりしている。相手から受けたものはその分きちんと返すし、返さない人間は疎外される。

つまるところ、都市生活というものはそういうギブアンドテイクで成り立っている。一見華やかそうに見えるけれども、人間関係は合理的でなおかつ厳しい。そのため、すべてにおいて物事を露骨には出さず、華やかなレトリックで包む。

これが、京都に限らず、洗練された都市文化の特色だといえるのではないか。

京都では、文化というものが、本質ではなくてアクセサリーだという一面もある。皿の上ににぎりめしだけをポンと置いて出すのは文化ではない。京都では、そこにお新香を添え、美しい器に盛って、季節のもの、たとえば紅葉した葉でも一枚添えるとか、本質ではない余計なものをたくさんつける。これが、京都の伝統だ。

また、思い切ったことをするエネルギーにもあふれつつ、自分たちがつくりあげてきたものを誇りを持って維持しつづける。そこはやはり、京都のすごいところだろう。

京都は歴史上、つねに時の権力者や革命者が使う場所でもあった。たとえば、木曾《きそ》義仲《よしなか》が来れば義仲に、足利《あしかが》家が来れば足利家にというふうに、それぞれの時代で強い者にお座敷を貸す。そういう意識が京都の人たちにはあるのだろう。権力に服従したふりをして、したたかなエネルギーで、戦乱の時代もしぶとく生き抜いてきたのである。

明治時代には、京都のいちばんいいお客さんといえば、伊藤博文《いとうひろぶみ》とか山県有朋《やまがたありとも》など、明治の元勲《げんくん》たちだった。

敗戦後に占領軍がはいってきたとき、京都の人たちはGHQ（連合国軍総司令部）の高官の奥さんたちのこころをつかむことで、高官たちを巧みにあしらったという。また、いち早く京都の裏千家では、マッカーサーを招いて茶会を開いてもてなしている。

そのあたりにも、京都の人たちのしたたかさが感じられる。合理的で、リアリストで、新しいものに敏感で、社交上手で、外からはいってきた権力者をうまくおだてて、その人が傾くまで大事にして、次の勢力がでてくるとさっと次の人を持ちあげる。

私は、世界に通じる市民のメンタリティを持っているのは、日本では京都人だけではないかと思う。外国へいっても通用する人たち。他人に迷惑をかけないということを、根本の精神にして、公共の秩序を大事にする人たち。非常に婉曲にしかものをいわないけれども、自分の意思は絶対に曲げないという人たち。そして、個人主義。日本人は一般に「村人」だが、京都人は「町衆《まちしゅう》」であり、シティズン、市民である。大阪人を語る場合のキーワードのひとつが「同朋《どうぼう》意識」だとすると、京都人の場合は「市民意識」がそれに当たるだろう。日本のなかで、「シティズン」といえる感覚をはじめから持っていたのは、唯一京都の人たちだけだと私は思っている。

外部の異才、在野の俊才を育てる懐の深さ

京都はシティズンの町、市民意識というものを持った人たちの町である。一般に、日本人がヨーロッパのパリとかローマに住むのは、非常にむずかしそうな気がするのだが、京都の人だったら割と気楽に、そういうヨーロッパのシティのなかで生活していけるのではないか、という気がする。

私はパリという都市を訪れるたびに、ここは自前でいろいろなものをつくりあげるよりは、よそから来た才能ある人をバックアップして育て、フォローして磨きあげたものをパリの華、パリの文化として押し出しているのではないか、と感じる。

たとえば、美術の世界でも、ピカソにはじまり、シャガール、ダリ、カンディンスキーなど、パリを舞台に活躍した芸術家を見ると、パリ出身者はほとんどいない。スペインやロシアなど、各国からパリに集まってきた人たちなのだ。

ファッションの世界でもそうだ。ウンガロにしてもピエール・カルダンにしてもイタリア系である。そういう人たちが、パリで華やかなモードの花を開かせている。彼らの才能を上手く引き出し、育てあげるのがパリという都会の大人のカルチャーだ、ということだろう。

私は、京都もそういう都市の文化が見事に身についた町だと思う。

京都では「町衆」が力を持っていた。その点では、京都はルネッサンス期のイタリアのフィレンツェに似ていると思う。

フィレンツェも当時、繊維工業や手工芸などで栄えた都市だ。町の規模はフィレンツェのほうが京都より小さいくらいだが、十四～十六世紀の間にあれだけの文化が熟している。杉本秀太郎氏も、京都とフィレンツェには、非常に共通点があると指摘している。

当時、フィレンツェのメディチ家は、ヨーロッパ全体を相手に金融業で活躍して莫大な富を蓄えていた。彼らが、ルネッサンス期の文化を支えるパトロンとなったのだった。

ルネッサンス期の画家や彫刻家や建築家などはすべて職人で、工房のなかで職業訓練を受けて技術を磨いていた。そういう環境のなかから、ルネッサンスを代表する芸術家のレオナルド・ダ・ヴィンチやミケランジェロのような天才も誕生している。

フィレンツェの絵描きたちが、アルチスト（芸術家）ではなく、アルチザン（職人）という意識を持っていたのと同じように、京都でも江戸時代の円山応挙《まるやまおうきょ》、松村月渓《まつむらげっけい》（呉春）など円山・四条派の絵描きたちは、みんな自分を単に絵師だと思っていて、芸術家だとは思っていなかったらしい。

京都のアルチザンとしての絵描きというと、私がまず思い浮かべるのは伊藤若冲《いとうじやくちゆう》である。平成十二（二〇〇〇）年の秋に、京都国立博物館で若冲の没後二百年の展覧会が開催されたので観にいったのだが、圧倒されるばかりだった。ピカソに匹敵するくらいのすごさだ、と思ったほどである。

若冲は徳川中期の人で、京都の錦小路付近で青物商を営む旦那だったという。それが、中年過ぎて絵をはじめて、これまでとは異質な日本画を描いた。彼は、身近に観察できる鶏や動植物を克明に描きつづけたのだが、その絵には強烈なエキゾチシズムがあふれている。カリカチュアライズされた漫画のような絵など、現代のイラストと比べてみても、まったく素晴らしいというほかはない。

狩野派《かのう》とか、長谷川等伯《はせがわとうはく》らによる、大名屋敷の障壁画《しょうへきが》とか、安土桃山の屏風《びょうぶ》などを見慣れた目で若冲の絵を見ると、とにかく驚かされる。若冲の絵は、京都の持っている奔放《ほんぽう》さ、新しさ、大胆さ、そして世界に通じるような国際性、そういうものを全部兼ね備えている。

京都を代表する画家というのは、案外、狩野派のような人たちではなく、よそから京都にやって来た人と、京都で代々家業として絵を描いてきたのではない人たち、つまり在野の人たちの中からでてきているのではないか、と思うことがある。

杉本氏は、若冲のあとにでた京都の町中で育った絵描きとして、富岡鉄斎《とみおかてっさい》の名前を挙げている。鉄斎も若冲と同じように、生まれは三条衣棚《さんじょうころものたな》の法衣《ほうえ》屋さんだったという。若冲や鉄斎のような在野の人が、京都で活躍しているのはおもしろい。

ところで、杉本氏の先祖は江戸時代に創業して繁盛した呉服商だということだ。現在、杉本氏が住んでいる綾小路《あやのこうじ》の家は、主屋は明治時代に再建されたものだが、それ以外の部分は典型的な江戸時代の京町屋の様式を保っていて、「京都市指定有形文化財」になっている。

文化財のなかに住むというのは、マンション暮らしの私にはなかなか想像しづらいが、いろいろと大変なこともあるにちがいない。そういうと、杉本氏は「いまは財団でこの家を維持しているので、逃げだしようがない。ずっとここの管理人でいるしかありません」と笑っていた。

とにかく、数百年の伝統を受け継ぐ家で生まれ育ち、一度も引っ越しをせずに同じ場所で暮らしつづけているということ自体が、漂流民のように各地を転々としてきた私にとっては、ほとんど奇跡としか思えなかった。

ところで、私は京都に住む前に、金沢に何年か住んでいたのだが、杉本氏は戦後、その伝統ある京都の家から出たかった、という理由で京都の旧制三高ではなく金沢の四高を受験して、学制改革の前の一時期だけ四高に在籍していたそうだ。

ちなみに、金沢という町は、雑誌などでときどき「小京都」と紹介されることがある。しかし、金沢に住んだことがある人間としては、京都に似ているどころか全然違う、という印象を抱いている。

金沢は城下町だ。どちらかといえば閉鎖的で、自給自足経済で成り立っていて、観光客のように外からやって来る人には一切依存しない。むしろ、よそ者に対する警戒心が強かったり、外から来た人には冷たく当たるという印象がある。京都のように、次々に権力者を迎えいれては放りだし、歓待しては投げ捨ててきたしたたかな町とはまったく違っている。

それに、金沢の場合には「官」というものの権威が、加賀百万石以来の伝統として残っている。かつては美術でいえば日展、音楽だったらNHK交響楽団、コーラスグループならダーク・ダックス、という感じの時代がずっとつづいていた。そういう土地柄で、京都に比べてはるかにローカリティが強い。

もちろん、金沢には京都とは違う意味での良さもあるのだが、「小京都」と呼ぶのがふさわしいとは思えない。それについては、杉本氏も私と同じ意見だった。

遊びも雅もある新しもの好きの町

ところで、京都は名実ともに日本随一の大学都市である。大学が多いので学生も多く、教授陣も多い。

古くから「官僚的な東大」に対して「自由奔放な京大」という構図で語られてきたように、京都には東京とはひと味違うアカデミズムの世界があり、個性的な学者や文化人たちが活躍している。

私が最初に京都に住んだとき、「新京都学派」の中心だった桑原武夫《くわばらたけお》氏に声をかけていただいて、ときどき祇園で集まる会に誘われた。

当時は、桑原氏が京都の文化人のオルガナイザーだったので、座長が桑原氏、世話役が梅原猛《うめはらたけし》氏、メンバーは司馬遼太郎氏、陳舜臣《ちんしゅんしん》氏、法然院《ほうねんいん》前住職の橋本峰雄《はしもとみねお》師などだった。

そういうメンバーのなかに、変わり者ということで、いちばんの若僧として私も加えてもらっていた。お茶屋さんやおでん屋さんを何軒かはしごして談論風発《だんろんふうはつ》するという、いま思い出してみても、私にとっては非常にありがたい集まりだった。

また、桑原氏が日本ペンクラブ会長を務めていたときに、仕事をお手伝いしたことがあった。その年、東京で大きな国際会議を開催するため、日本の大企業に協賛金を出してもらうことになった。

それに対して、一部の会員や理事が異議を唱えた。平和とか人権というテーマで国際大会を開催するのに、軍需産業と関わりあいがあるような大企業からお金をもらって、なにが平和だ、というのである。東京の人たちの感覚からすると、それも一理ある。

そんなふうに頭ごなしにやられて、私が「どうしましょうか、桑原さん」というと、桑原氏はニコニコしながら平然とこういった。

「五木君ね、汚い金をきれいに使うのが文化っちゅうもんや」

汚い金をきれいに使うのが文化だ——。これは、なかなかしたたかな発想なのである。

それを聞くと、「やはり桑原さんだなあ」といって、みな黙ってしまった。信念を持ってそういえるというのはすごい。私は、それが京都の文化人のひとつのカルチャーだ、という気がしている。

桑原武夫氏だけではない。京都の学界の人たちや芸術家たちは、自分の学問や芸術に対する孤高の姿勢をきちんと保つ一面で、産学協同のようなことをごく自然に堂々と行っている。

これは、ルネッサンス期のイタリアのフィレンツェで、メディチ家のように巨大な富を蓄えた人たちがパトロンになって、ミケランジェロやダ・ヴィンチをはじめ、芸術家や学者たちに素晴らしい大きな仕事をさせたこととも共通している。

京都の学者の強さは、産学協同などに取りこまれるくらいだったら最初からやるな、ミイラ取りがミイラになってはしかたがないが、虎穴《こけつ》にいらずんば虎児《こじ》を得ずなんだよ、というしたたかな感覚を持っていることではないだろうか。

よくいわれる話だが、日本人のノーベル賞受賞者には、東大関係者より京大関係者が目立つ。湯川秀樹《ゆかわひでき》、福井謙一《ふくいけんいち》、利根川進《とねがわすすむ》など、みなそうだ。

これほどすべての面で東京一極集中が進んでいるなかでは、これはむしろ例外中の例外ともいえるだろう。おそらく、このように世界的に注目される才能が開花する下地が、京都という環境のなかには存在しているのである。

また、杉本氏によれば、京都生まれの人同士が話していると、だいたいどこかで共通の知りあいがいたり、小学校が同じだったり、というふうにつながるそうだ。

京大学士山岳会がカラコルム山脈のチョゴリザ峰に初登頂したとき（一九五八年）は、京大山岳部ＯＢで遠征隊長を務めた桑原氏が寄付金集めを一手に引き受けて、かなりの資金をつくったという。あの桑原氏が頼みにいけば、まず断られることはないというような強い人脈、緊密な人間関係というものが、京都の人のなかにはあるらしい。

このように、人間関係を非常に大事にする京都の人たちとは対照的に、私のように引き揚げ者で、あちこちほっつき歩いている人間には、人との出会いというのは一度きりで二度とは会わない、というような観念がある。

そのため、なにかでお世話になって礼状を出さねばならない、という場合でも、もう二度と会わないかもしれないのだから、という感じがどこかにある。これまでにも、そういった時候の挨拶やお礼状抜きで、ずいぶんいろいろな人とおつきあいをさせていただいてきた。じつにいい加減な人間関係なのだ。これは、筆無精者のいいわけにしか聞こえないかもしれないが。

もうひとつ、京都のおもしろい点を挙げると、喫茶店が多いということである。私は〝喫茶店大好き人間〟を自認しているのだが、京都には戦前から独自の「喫茶店文化」があった。

満州事変、五・一五事件、二・二六事件とつづいていく一九三〇年代は、日本の各地でさまざまな形での思想弾圧が行われ、日中戦争へと突入していった時代だった。

京都でも、京大の滝川幸辰《たきがわゆきとき》教授が「赤化教授」と非難され、辞職を要求された「滝川事件(京大事件)」が起こったが、このとき、京大の教授陣と学生たちは、大学の自治擁護を主張してそれに果敢に抵抗した。

そういうなかで、京都では喫茶店に置かれたパンフレットみたいなものが、ある意味で「フロン・ポピュレール(人民戦線)」といわれるような抵抗の道具になっていたらしい。美学者で文化運動家の中井正一《なかいまさかず》氏のようにユニークな人がでてきて、タブロイド判の週刊『土曜日』というリトルマガジンなどを発刊する基盤があったのである。この『土曜日』は、いわば人民戦線の残党が映画雑誌の形を借りて発行したもので、書店には置かず、京都市内の喫茶店に配布されていた。私はその実物を見たことがあるが、同人には久野収《くのおさむ》氏などがいて、論文やエッセイを書いていた。若き日の淀川長治《よどがわながはる》氏が投稿した映画評なども載っていた。

こういう民衆的な文化運動のメディアというのは、東京にはなかったおもしろいものだし、京都はやはり「フロン・ポピュレール」の町、人民戦線というか、市民主義の町だということがよくわかる。

抵抗、レジスタンスの手段も、目を吊りあげて抵抗するのではなくて、どこかに遊びの部分もあって雅もある。これは京都の特徴だろうと思う。

祇園はつねに時の権力者を巧みにあしらってきた

京都の祇園といえば、私にとっては夢のようなバーチャルな世界である。

小説家としてデビューする前のまだ二十代のころ、私は仲間と一緒に「テレビ工房」というライターの集団を作って、草創期のテレビ番組やラジオ番組の台本やコントを書いていた時期があった。当時、そういうコント作家は、青島幸男《あおしまゆきお》氏とか大橋巨泉《おおはしきょせん》氏のようなタイプの、江戸の落語の系統のユーモアを得意とする人が多かった。

そのなかで、非常に不思議なユーモア、大阪的ではない関西風のユーモアがあり、はんなりとした味のあるコントを書く作家がいたのだが、この人の実家が祇園にあった。

夏休みに一度、彼の実家を訪ねたとき、舞妓さんか芸妓さんかわからないが、着物ではなくジーパンすがたの彼女たちに誘われて、一緒に東山のボウリング場に遊びにいったりしたことがあった。また、二階の彼の隣りの部屋では、芸妓さんが片肌脱いで化粧をしていたということもあって、その折りに、内側から生活感のある祇園の空気をほんの少し感じた記憶がある。

その後、京都に住むようになって、桑原武夫氏を中心とした文化人の集まる会に呼ばれたときの場所も祇園だった。東京では、そういうグループでもお座敷で集まったりはしないだろうと、多少の違和感を抱きながらも、さすが京都だと感心したものである。

京都の歴史の底流に、お寺、お茶の一族、そして祇園という、いわば「三大白足《しろた》袋《び》」の世界があることは耳にしていたが、祇園はそういう意味で、京都のカルチャーのある一面を支えているといえるのだろう。

同じ京都のなかでも、もちろん庶民の文化もあれば、少し閉鎖的ではあるけれども、そのなかで純粋培養された祇園のような文化も存在する。桑原氏流のお金と文化の話でいえば、祇園はお金がなければ成り立たない場ではあるが、どんなお金であれ、それがきれいに使われる場だと考えればいい。そのなかから何かカルチャーが生まれてくるのだ。

もともと祇園というのは、『平家物語』の冒頭にでてくる「祇園精舎《ぎおんしょうじゃ》」の「祇園」

であって、言葉の発生からいっても宗教的な背景がある場所であり、なおかつ、異国的な文化というものが根の部分にある世界でもある。

いや、いまはそんなものはない、祇園にあるのはパブとかスナックだよ、といわれてしまうかもしれないが、カルチャーというのはそんなに簡単に消えるものではない。底流として、川の水のように、時代とともにすがたを変えながら流れつづけていくものだと思う。

こうしたカルチャーを生みだす伝統は、祇園だけでなく各地にある。

たとえば、越前(現・福井県)には明治中ごろまで栄えた三国港《みくに》があるが、ここの花街の遊女は非常に格式が高くて、諸芸はもちろん、短歌や俳句にまで通じた花魁《おいらん》がたくさんいたという。この文化を支えたのが、北前船《きたまえぶね》で巨大な富を蓄えた上方《かみがた》の豪商たちだった。

おそらく当時の三国の花街にも、権力者に支配されたり庇護されるよりは、町衆のなかの豊かな人たちをパトロンとして、その下《もと》で育《はぐく》まれたほうがいい、という気風があったのだろう。

つまり、シティズン、市民という意識が確立されているから、企業やビジネスというものを軽んじない。これが上方文化の特質だろうと思う。

また、かつての大坂で石山本願寺の寺内町《じないまち》は一種のアジールだった。「寺」というものが、権力や一般常識の介入を許さない場所であるのはいうまでもないが、遊里《ゆうり》の巷《ちまた》もまた、権力に追われる者たちにとっては隠れ家だった。

幕末に明治維新を志す志士たちは、祇園のなかに紛れこんで身を隠した。そこでは誰も密告したり、追いだしたりはしなかったのだ。そういえば、日本赤軍《せきぐん》の重信房子《しげのぶふさこ》が、京都にはしょっちゅう来ていて、河原町あたりの飲み屋の常連だったらしい、という話も京都の人から聞いた。

その一方で、祇園というところは、つねに時の権力者にお座敷を貸してきた。そうすることで、今日まで生き延びることができたのだ。

昔、有名なお茶屋さんなどは、いいお客がついて、それが会社の経営者だとしたら、三年くらいでその会社を潰さなければ、女将《おかみ》としての腕がないといわれたという。あの手この手で喜ばせ、夢中にさせて、吸うべきものを全部吸いつくす。すると、だいたい三年でその会社は倒産するというわけだ。まさに、祇園というのは生き血を吸うような場所でもある。

しかし、祇園というのは檜舞台《ひのきぶたい》でもある。功成り名遂げた男は、必ず祇園で遊んで、お金を気前よく使うことで、はじめて「功成り名遂げた男」として承認を受ける。「天下の志士たちが遊んだところで、おれもこんなふうに舞妓をはべらせて酒を飲んでいる。おれもひとかどの男になった」と自覚する。そのために無駄金を使うといってもいい。

あるお茶屋さんで聞いた話によれば、明治のころ、伊藤博文は使用人を二十人くらい引き連れて祇園に来て、一週間ほど滞在して遊んだらしい。そうすると、彼が置いていくチップだけで、その店は一年間は他の客を取らなくてもすんだという。いまの金銭価値に換算すると、それは途方もない金額だったにちがいない。

いわば、祇園は京都そのものだといえるかもしれない。宿り木のような何か不思議なもので、よそから権力や金力をたくさん抱えてやってくる連中を、次から次へとお金を落とさせて、涸れさせてはポイと放りだす。また次の客が来ると、それを下から持ちあげる。そういうことを何百年もの間、ずっとくり返してきたのだ。

長くつづいた町には、その間に熟成されてきた特別なしきたりとかカルチャーがある。そういうものがいま、日本中どこでも失われたり混乱してしまっているなかで、京都には例外的にまだそういうものが残っている、といえるだろう。

「天皇さん」は自分たちがサポートしてきた人

京都の人たちのプライドの高さ。これは相当なものだ。大阪の人のように、東京に対して対抗意識は持たない。京都が東京と同じ次元で比較されるなどという考えは、京都の人たちには最初からない。たぶん東京は東京でしっかりやりなさい、という感じなのだろう。そもそも歴史の古さがまったく違うのだから。

当然のことながら、京都の人たちからすれば、外から来る人はみんな「おのぼりさん」だ。京都のタクシーの運転手さんも、私が知ったかぶりをして何かいうと、必ず反発して、意地の悪いことを返してくる。逆に、おのぼりさんですがといって、教わるという姿勢で聞くと、京都の人は割に気持ちよく、親切にいろいろと教えてくれる。

梅棹忠夫《うめさおただお》氏の著書などにはさかんに書かれているが、京都の人には、ある意味での中華思想と、「首都を東京に奪われた」ということに対する複雑な反応があるようだ。

そういう意識は、天皇に対する東京の人たちとの考えかたの違いにもでている。京都の人たちにとっては、明治維新のときに天皇は東京に行幸《ぎょうこう》されて、そのままそこにお留まりになっているにすぎない。本宅は京都御所であって、いまは天皇家を東京に貸している、というくらいの気持ちなのだ。

明治以来、天皇は神格化され、絶対主義的天皇制が確立した。そのため、東京では宮城《きゅうじょう》の前を電車で通るときにもお辞儀をさせられたという。「かしこくも天皇陛下は」というときには、必ずパッと立ちあがって踵《かかと》をぴしっと合わせて姿勢を正し、「神お一人にあらせられ」というふうにいわなければならなかった。

京都の人たちの天皇に対する意識はそうではなくて、お公家《くげ》さんたちのなかでいちばん偉い人、という感じだったと思う。格式やステータスはあっても権力者ではない。むしろ、「文化の司祭」のような人だと見ていたのだろう。

だから、京都で「天皇さん」というときは、東京でのいいかたとは全然違う。自分たちがサポートしてきた身分の高い人。でも貧乏で現世的な力はない。そういう感じがする。

京都の人たちにとって、天皇家はカルチャーの中心でもあった。たとえば、和歌を巧みに詠《よ》むとか、雅楽を奏でるとか、園遊会を開くとか、芸術のパトロンであるとともに、その〝親分〟でもあったわけで、そういう意味で尊敬されていた。

京都にはさまざまな「天皇家御用達《ごようたし》」の店があるが、それは、天皇家に納めさせていただくというより、むしろ差しあげている、スポンサードしている、という意識のほうが強かったにちがいない。

京都にいたときの天皇家は、武力はいっさい持っていなかった。そのため、南北朝の時代から、天皇たちは何か事件が起こると、吉野へいったり熊野へいったり葛城《かつらぎ》へいったりしている。それは、たとえば楠木正成《くすのきまさしげ》のような武将、山の中に住んでいるゲリラのような武力を持つ連中に、応援を頼みにいくためだった。

それまであやしげな山賊や野武士の集団にすぎなかった彼らは、天皇から位《くらい》や錦《にしき》の御旗《みはた》を与えられて、感激して天皇家のために働く。しかし、終わってしまうとお払い箱になる。武力を直接持たない、というのが天皇家の大義名分でもあり、ひとつの強さでもあった。

それが、明治天皇が東京へ移ってから、近衛《このえ》師団という天皇直属の軍隊がつくられて、はじめて軍事力を持つことになる。中沼了三《なかぬまりようぞう》という人は、明治天皇が軍服を着ていたというのではらはらと落涙《らくるい》して、天皇ともあろうおかたが、兵隊ごときものの恰好をするとは、と大いに嘆いたという。つまり、天皇は一度も軍服を着ないから天皇だったのである。

こんなふうに、京都の人たちの明治以降の天皇制に対する感覚は、東京の人たちとはかなり違っていた。それは、歴史のなかで専制君主が次から次へと入れ替わり、やがて滅び去っていくのをじっと見ていたこともあるだろう。

権力者が失脚して滅びていくのを眺めながら、京都の人たちは、京都の町の主役は自分たちなのだ、という意識をつねに抱いていたのだと思う。

河原者や神人といわれた「賤民」が力を持っていた時代

京都のもうひとつの〝見えない構造〟――。それは、差別される人たち、「賤民」と呼ばれた人たちが京都のカルチャーの一面を支えてきた、という歴史である。

中世の大坂（大阪）の寺内町で、職人や交通労働者や芸人など、さまざまな非定住民が活躍したように、そのころ、京都では「河原者」と呼ばれた芸人たちが、文化を担う欠かせない存在になっていた。

鴨川の四条河原には芝居小屋や見せ物小屋があり、舞台では大勢の芸人たちが、歌舞伎、人形劇、軽業のようなものを演じていたといわれている。

芸人は流れ者であり、流れ者は「賤民」だった。つまり、河原者は当時の階級社会の最下層に置かれた人びとで、「賤民」として差別されたグループとして存在していた。

また、中世の京都には、人間の死体や牛馬などの動物の死骸を片づけることを職業とする「非人《ひにん》」という身分の者も出現している。

彼らの多くも河原の周辺に居住していたことから、河原者と呼ばれていた。当時の河原というのは、処刑の場所でもあり、病人を捨てる場所でもあり、死体が放置される場所でもあった。

河原者のなかでも、私が特に心を引かれるのが「山水河原者《せんずいかわらもの》」という人たちだ。以前、『深夜美術館』という小説のなかでも、この「山水河原者」について書いたことがある。

庭園研究家として知られ、大阪芸術大学の元学長でもあった中根金作《なかねきんさく》氏の『日本の庭』（河原書店）によれば、名園として知られる京都のいろいろなお寺の庭園は、支配者の庇護を受けた「石立僧《いしだてそう》」と呼ばれる僧侶たちの手で造られた。中国へ留学した禅宗の僧侶たちが、向こうで庭造りを学んで帰ってきて、石と砂でつくる抽象的な庭、いわゆる「枯山水庭園」を流行《はや》らせたのである。

ちなみに、「枯山水」はよく「カレサンスイ」と読まれるのだが、昔の正確な発音は「カラセンズイ」だったそうだ。

室町時代に活躍した石立僧のなかでも特に有名なのが、西芳寺《さいほうじ》や天龍寺《てんりゅうじ》の庭園をつくり、当時の作庭の第一人者と称された夢窓疎石《むそうそせき》や、鳥羽離宮の庭を手がけた徳大寺法眼静意《ほうげんじょうい》である。彼らは高位の禅僧であり、いわば当時のエリート、知的特権階級だということができるだろう。

しかし、石立僧たちは、あくまでも本職は宗教家だった。それに対して、日本の庭造りの歴史のうえで、本当のプロの作庭家としてはじめて自立したのが、山水河原者と呼ばれた者たちだったのだ。

中根氏は前出の『日本の庭』のなかで、山水河原者についてこう述べている。

〈室町時代の中期になると、こうした石立僧にとって代わる者が輩出してくる。

それは「山水河原者」である。山水河原者の名称は、文明《ぶんめい》年間（一四六九〜一四八七）のころからみられるようになる。山水河原者とは、作庭に従事した河原者をさしている。河原者は社会の最下層の身分に属する人たちであった。階級制度が厳重で、権力がものをいう時代であった平安時代から、それ以前においても、土木建築のごとき仕事を専業とする人夫たちは河原者であった。〉

このように最下層の労働者だった「山水河原者」が、次第に優れた知識と能力を示すようになってきて、単に使役される立場から、実力で石立僧をしのぐ者さえ登場するようになった。

そのひとりが善阿弥《ぜんあみ》である。彼は山水河原者からでて、その才能だけで足利義政の芸術顧問にまでのしあがった。善阿弥は、多くの河原者の仲間を率いて作庭の才をふるい、天下一と称されるようになる。

善阿弥の孫の又四郎という人も祖父に劣らない作庭の天才で、あらゆる分野の学芸に通じた大人格者だったと伝えられている。『日本の庭』によれば、室町時代の高僧、景徐周麟《けいじよしゆうりん》は「今時円顱方袍所為不及屠者《こんじえんろほうほうしよいふきゆうとしや》、慚愧《ざんき》々々」といって、このころの僧侶たちのすることが又四郎に及ばない、と嘆いているそうだ。

それに対して、又四郎は、つねに自分が置かれていた社会的身分を悲嘆していた。『鹿苑日録《ろくおんにちろく》』の長享《ちょうきょう》三（一四八九）年六月五日の条には、又四郎について「其某一心悲レ生三于屠《と》者《しゃ》家二」と記されている。

要するに、自分が屠者の家に生まれた者であることを悲しむ、という意味だろう。この記述からは、いくら作庭の天才ともてはやされても、自分は陰では最下層の河原者の出だと蔑まれている、という又四郎の悲痛な叫びが聞こえてくるようだ。

当時、河原者と同じような被差別民のなかには、「神人《じにん》」と呼ばれる人たちもいた。彼らは神社仏閣に仕えて清掃や管理をしつつ、死んだ犬や馬などの動物の死骸の処理を一手に引き受けていた。

つまり、被差別民のなかで、神社仏閣に直属しているいちばん下の階級の人びとが神人で、犬や馬や牛の死骸は、彼らが権利を持って処理に当たっていた。さらに、その肉、皮、骨などの加工も、彼らの専業として認められていた。聖なる場所からケガレを取り去るキヨメの役目を果たすという意味では、神人は「聖と俗の境界」の象徴ともいえるだろう。

彼らは「興福寺の神人」とか「八坂神社の神人」などと名乗って、しばしば集団で他の連中を脅かしたり、神人同士で勢力争いをして、時にはそれが武力抗争にまで発展したこともあったらしい。

このように、神人たちは被差別民だったとはいえ、無視できないひとつの集団として力を持ち、さらには肉や皮や骨や灯明油の専業という「特権」を得ていたため、それに従事している限りは豊かに暮らすことができた。

これと同じように、インドのカースト制度でも、最下層の階級の人たちは一般の人が嫌うような仕事をしているのだが、その仕事は彼らでなければできない、という特権を持っている。

いつだったか、私がインドのホテルに泊まったとき、部屋の電球が切れたので、取り替えてくれるように頼んだ。ところが、電球ひとつをなかなか取り替えてくれない。要するに、その仕事はある特定の階級の人しかやれないことになっていて、それ以外の人がやってしまうと、蔑まれるか、権利を侵害したことになるらしい。

このように、中世のころの京都では河原者とか神人とか、「賤民」と称された人びとが、ある意味で大変な力を持っていた。

極端なことをいえば、農業をして田畑を耕している人以外は、みな「賤民」だったのである。料理人も、花を生ける人も、茶の湯をする人も、能役者も、直接生産に携わる人以外はすべて「賤民」だった。

音楽、芸能、造形、文学など、日本の芸術の根はすべて、こうした賤民たちに発するといってもいい。社会の最下層に置かれた彼らのエネルギーや創造力が、京都のカルチャーの根底の部分を支えているのである。

修羅の美が京都の魅力であり、おもしろさだ

いま一般に流布している京都のイメージは、ひっそりと静かなたたずまいの雅《みやび》な古都、というものだろう。

しかし、私はまったく逆に、京都は野性的で荒々しい場所、したたかなバイタリティを持ち、エネルギッシュで、危険や恐ろしさに満ちた町、という感じを抱いている。

平安京の時代には、黒澤明監督の『羅生門』が描くように、律令《りつりよう》体制が崩れだして、謀《む》反《ほん》があり、飢《き》饉《きん》があり、荒廃した門のあたりにはホームレスの人びとが住み着いて

いて、夜盗群盗が横行し、疫病《えきびょう》までもが流行していたという。

中世にはいると、たび重なる土一揆《つちいっき》が、津波のように京都に押し寄せてきて、武士たちがそれを斬り殺す。反乱を起こした人びとが攻めてくると、将軍家がそれを防衛する。そして、応仁《おうにん》の乱《らん》で京都は焦土となる。

そのなかで、つねに被害を受けるのは民衆であり、彼らは自分のいのちを守るために自衛せざるをえなかった。協力して町ぐるみで自衛するようになると、他人に迷惑をかけない、ということが徹底していく。こうして、京都の人たちは次第に市民意識を持つようになったにちがいない。

蓮如が生きた十五世紀にも、疫病が流行したり飢饉が襲っている。京都の町中には、病気や飢えで息絶えた多くの人たちが倒れていて、それが鴨川の河原に放りこまれていた。累々《るいるい》と横たわる死体からは、次第に腐臭が漂ってくる。そのなかを、京都の人たちはみな鼻を押さえて歩いていたが、大水がでたおかげでその死体が川下のほうに流れていって、みんなホッとした、と書かれている記録さえある。

また、鴨川の河原は血なまぐさい処刑の場所でもあった。保元《ほうげん》・平治《へいじ》の乱《らん》の敗者の平忠正《たいらのただまさ》、藤原信頼《ふじわらののぶより》、関ケ原の戦いで敗れた石田《いしだ》三成《みつなり》、小西行長《こにしゆきなが》などが処刑されたのは、鴨川の六条河原だった。

豊臣秀吉の甥の秀次《ひでつぐ》が謀反の疑いを立てられて自刃《じじん》したとき、秀次の一族郎党は、鴨川の三条河原で斬首《ざんしゅ》されたという。

さらに、明治維新前の京都では新撰組が暗躍し、坂本龍馬や多くの人たちが暗殺された。一見、平安な都に見えるその下では、多くの血が流されてきたのである。

近いところでは、昭和五十三（一九七八）年の七月に「ベラミ」というナイトクラブで山口組の田岡組長が撃たれている。そのニュースを聞いたときは驚いた。「ベラミ」には、私も何度かいったことがあったからだ。

京都は文字どおり「百鬼夜行《ひゃつきやこう》」の町である。

つねに死人《しびと》や荒々しいものが渦巻いている一方では、非常に耽美的なものや、洗練された美意識もある。何度も焼かれては、そのたびに再生する町、京都。

その修羅の美が、京都の魅力であり、おもしろさなのだろう。

伝統と革新のせめぎあいの中で

京都駅ビルに見る〝新しもの好き〟の精神

京都には最近、新しい建築物がいろいろ誕生している。なかには、かなり物議をかもしたものもあるが、巨大な京都駅ビルにはじまって、安藤忠雄氏が設計したビル、それ以外にも「モダニズムの町・京都」を感じさせる新奇な建築物が目に飛びこんでくる。

平成九（一九九七）年に竣工した京都駅ビルは、東西が約四百七十メートルあり、高さは約六十メートル。この京都駅ビルのデザインは、大阪・梅田のスカイビルなど有名な建築物を手がけている原広司《はらひろし》氏によるものだが、デザインコンペで選ばれた当初は、非対称で統一性を欠くデザインが反発を受けて、多くの市民を巻きこんだ景観論争にまで発展した。

しかし、完成してしまったあとは、評判はまずまずのようで、すっかり定着したように見える。事実、中央部の百七十一段の大階段などが話題を呼び、予想を上回る集客効果もあげているらしい。

私はこの京都駅ビルを外から見たときは、なんとなく平べったい大きなデパートか、ホテルか、病院かというような感じを受けて、あまり強い印象はなかった。建築に関して素人の立場から、勝手なことをいわせてもらえば、建物の外観にもっと曲線を使ってほしかったという気がする。うねりのようなものがあってもよかった。どうもあの外観からは、奥行きとか立体感とか陰翳《いんえい》というものが感じられないのである。

しかし、いったんなかにはいると、あっと驚くような空間が展開する。大階段を上へ上へとどんどんあがっていくと、圧倒的なボリューム感がある。自分の方向感覚やバランス感覚が狂うほどのすごさを持っている。このすごさは、日本のなかで他のどこの駅にもないものだ。

それに、通路を歩いていくと、東寺の屋根が見えるとか、アイデアとしてはおもしろいと思うところもいろいろある。なんといっても、あの巨大な吹き抜けの空間をつくったのは、快挙といってもいいのではないか。

しかも、京都駅ビルには、ホテル、デパートなどの他に「シアター１２００」という劇場（芝居小屋）が併設されている。劇場というのは、ハレとケでいえばケ、すなわち「ケガレ」のほうに属するものである。昔でいうと「悪所」であって、そういう異質なものを公共空間に取りこんでしまったのは非常に京都らしい。そのあたりにも、京都の猥雑さと図太さというものが表れている気がする。

そんなふうに、京都駅ビルの内部をずっと回遊して歩いて、近代建築というものもやはりすごいものだ、モダンデザインというのもなかなか力があるな、ということを感じつつ、駅から一歩でて外側から再び遠望してみると、印象が一変してしまうのだ。あのぺっちゃんこな建物はなんだ、とがっかりする。

こんなことをいうと設計者に対しては失礼だが、その二つの相反する感じが京都駅ビルにはあって、そこがおもしろくもある。調和の取れた建物ももちろんいいのだが、こんなふうに「なんだこりゃ」という感じと「いやすごいな」という、二つのアンビバレントなものがこのなかに渦巻いているというのも、京都らしくていい。

それに、善かれ悪しかれ、こんなふうに印象の強い駅をつくったということは、京都の人たちのいい意味での新しもの好き、ひょっとしたら〝はったり好き〟という感じもしないではない。京都にはそういう建築物が意外に多いのだ。

そういえば杉本秀太郎氏も、京都の人にはどこか「びっくりさしてやろう」という気持ちがあって、平安神宮の大鳥居と今度の京都駅ビルの二つがその双璧《そうへき》だろう、といっていた。

その大鳥居と京都駅ビルに加えて、杉本氏がもうひとつ挙げた「びっくりさしてやろう」という系統の建築物が、明治時代に建てられた「伝道院」である。

この赤煉瓦の独特の様式の建物は、西本願寺の近くの仏具店が並ぶ一角に忽然《こつぜん》と建っている。円形のイスラム風ドーム、インド風のデザイン、和風のデザインが折衷されていて、なんともいえない雰囲気がある。

施主は浄土真宗本願寺派の第二十二代宗主だった大谷光瑞《おおたにこうずい》だが、この人は僧侶でありながら底抜けの浪費家で、「大谷探検隊」という一大プロジェクトを組織したり、さまざまな新規事業を展開して財政破綻を招いた。その結果、宗主を辞任せざるをえ

天に昇るようなエスカレーターなど、京都駅の斬新な空間

なくなったのだが、この伝道院からも、明治の京都人が持っていた大胆不敵さというものを強烈に印象づけられる。

一方、京都駅の目の前にそびえているのが、悪評高い「京都タワー」だ。杉本氏の話では、この京都タワーが建つ前は、京都の人たちの間で相当な反対があったそうだが、建ったときにはみんな「本願寺さんのロウソクみたいなもんが建った」と冗談をいって、言葉で異物を取りこんでしまったという。その〝本願寺さんのロウソク〟といういいかたも、いかにも京都人らしい。

いまではとても信じられないが、パリのエッフェル塔も、最初はパリ市民から猛反対を受けたというのは有名な話だ。

果たして、この京都タワーはエッフェル塔のように百年、あるいは二百年たったあとに、京都のシンボルとして世界中から見物に来るようなものになるのだろうか。それは、私にはわからない。

しかし、この京都駅ビルは、これだけのものをつくったのだから、ぜひ大事にしてほしいと思う。そして、内部の構造や外観に手を入れながらきちんと維持していけば、未来において、京都の人たちが二十世紀に残したひとつの遺産、という評価を受ける可能性もあるのではないか。

少なくとも、京都駅ビルに関しては、完成してから悪口をいう京都の人は少ないらしい。しかし、これまでにもさまざまな物議をかもしてきたし、これからもそうあってほしいものだ。それが、この京都駅ビルのおもしろさだろうし、評価が定まってしまったものはつまらないという気がする。

京都駅ビルができたことは、京都に大きなインパクトを与えたはずだが、侃々諤々《かんかんがくがく》の議論が日本中に波及しなかったのは寂しいことだ。もっと公開の場で、京都市民自身が火を噴くような論戦をやってほしかったとも思う。

秩序と混沌がぶつかって京のパワーが生まれる

建築家にとって、京都という場所はかなり手強い相手ではないのだろうか。

京都には伝統的建造物群保存地区、いわゆる「伝建地区」に指定されている地域があちこちにある。その地域ではさまざまな規制を受け、新築する場合も、昔のデザインを踏襲しなければならない。

くる。

ところが、そこから一歩先へいくと商業地域で、ここではデザインも色も自由で、特に規制はない。極端な話、町屋の隣りに近代ビルを建てる、という事態も起こってくる。

建築家の仕事のむずかしさというのは、機能上の要請とか、商業的な条件とか、容積や高さの制約とか、予算や素材の制約など、そういうものをすべてクリアしながら、通りがかりに見た人間に、何か強いインパクトやショックを与えなければならない、ということだろう。しかも、そこでの建築家の苦心というのは、見る側にはあまりわからない。

ブレヒト（編集部注・革新的な二十世紀ドイツ劇壇を代表する劇作家、詩人）の演劇と同じように、人びとにショックを与えようという建築は、それはそれでおもしろいかもしれない。しかし、斬新であると同時に周囲の町並みとのハーモニーも必要だろう。そう考えると、その両方を一挙に獲得するというのはなかなか難しいことだと思う。

京都の町を歩いていておもしろいと思うのは、昔の路地などが結構残っていることだ。路地は「風流」よりも「猥雑」さを感じさせ、人びとの生活を感じさせる空間だ。

京都に数々の前衛的な建築物をつくっている建築家の若林広幸《わかばやしひろゆき》氏の話では、こうした秩序と混沌が隣りあわせになっているようなところでは、建築物が揃っているということよりも、個々の建築物が自己主張して、それがぶつかって交ざりあったときに、ものすごいパワーが生まれる可能性があるという。

祇園のある路地にはいってみると、若林氏がつくった、ちょっと風変わりでおもしろいビルが建っていた。そのビルは装飾的で曲線が多用され、吹き抜けや階段などにも工夫があって非常にユニークなもので、周囲のビルもそれぞれがそれなりに存在感を主張していて、ここは京都か、と一瞬目を疑ってしまうほど強烈なインパクトがあった。

最近の東京のビルは、私には、バウハウスの悪しき商業利用という感じがする。シンプルで直線的でつまらないビル、四角いコンクリートの建物が続々と建っているが、そう感じるのは、どれも芯にコンセプトがないからだろうと思う。

要するに、装飾的なものに対して、機能主義という美名のもとに、できるだけ合理的になめらかで簡単にしてしまうという傾向がある。それは、じつは工期が短くてすむとか、費用がかからないという理由からなのだが、それを近代主義という名前でごまかしてやってきたのではないか、という気もする。

たとえば、スペインのバルセロナを歩いていれば、これはガウディだ、という建物はすぐにわかるだろう。サグラダ・ファミリア教会にしてもグエル公園にしても、彼は自分がつくった建築物に署名をしているようなものだ。ところが、現代建築は、ある意味で匿名的になっていて、誰がつくったのかまったくわからない。

そのなかで、京都に出現している新しい建築物は、脱近代化《ポスト・モダン》を図って、ある種の生物学的な曲線を持っているのが目立つ。周囲の町並みとの調和を壊さずに、どこまで個性を主張できるか、というぎりぎりのところでの建築家の意図が感じられる。

若林氏もそういう新しい建築家のひとりとして、京都にさまざまな建築物をつくっている。西本願寺の向かい側で美観地区指定の規制を受けている漬物店の店舗ビルや、祇園町にある飲食店の雑居ビルや商業施設なども、そのユニークな外観が目を引く。

特に、その用途からも設計コンセプトからも大変興味ぶかいのが、西京区《にしきょうく》に建つ有料老人ホームである。

老人のための憩いの場所、あるいは老人が介護を受けて暮らす場所というと、通常は徹底的に保守的につくるものだ。ところが、若林氏が設計したこの老人ホームは、一見すると、とても老人が住んでいるような建物には見えない。

しかも、繁華街まで電車で十五分くらいしかかからない場所に立っている。郊外の静かな場所にあって、そこでリタイアした人びとが余生を送る、という従来の老人ホームのイメージは完全に裏切られる。

若林氏の話では、完成した当時、七十歳くらいの男性の入居者が毎晩帰りが遅くなるので、守衛の人が不思議に思って行き先を聞いた。すると、彼は「祇園」と答えたという。私は、そういう老人ホームはいいな、と思ってしまった。

最近、大学が郊外へ移転したり、音楽ホールが繁華街から離れた静かな場所に建ったりするが、私はそれには反対だ。老人ホームもひっくるめて、劇場も美術館も大学も音楽ホールも、市井《しせい》の雑踏のなかにみんなまとめて一緒に共存すべきである、それでこそ都市だ、というのが私の考えだ。

若林氏はこの老人ホームをつくるとき、老人といっても、若い人たちと交流したいと思っている人はたくさんいるはずだと考えて、思い切ったコンセプトにしたという。それが人気を集め、募集後すぐに定員はいっぱいになったそうだ。

これからの高齢社会には、ますますそういう老人ホームが歓迎されることだろう。老人こそ、世捨て人ではなく、引退後は交通の便のいい場所に住んで、第二の人生を楽しめばいい。そんなことを考えさせられた。

さらに、こういう斬新な建物をつくる建築家が、京都という町でどういう暮らしかたをしているのかという興味から、若林氏のお宅も訪ねた。外側から見ると、風変わりな唐破風《からはふ》がついている京町屋なのだが、内部はほぼ全面改造されていて、和風モダンという空間になっている。その差が非常におもしろかった。

京都でこういう暮らしかたをしている人たちがいる一方では、杉本氏のように、伝統的な京の町屋に住みつづけている人もいる。

その杉本家には、五百年前の蓮如の時代から伝わる形式をきちんと保っている仏壇が安置されていた。長い間、それをずっと維持していく努力は大変なものだろうと想像されるのだが、家全体から感じられるたたずまいは、やはり素晴らしいものだった。

図らずも、伝統とモダンの対照的な二つの住空間に触れることができたが、私にはその両方ともに京都らしさを感じられたし、外から見ているだけでは気づかない、京都の町の奥深さを知ることができたように思う。

このように、京都では古いものから新しいものまで、非常におもしろい建築やデザインを目にする機会が多いのだが、私が好きな建築物のひとつが南禅寺の疎水である。

南禅寺を訪れて、そのなんともいえないたたずまいのなかに、赤煉瓦の疎水の施設が現れるのを見ると、一瞬ドキッとする。ドキッとすると同時に、ああ、なんてしっくりこの風景のなかにとけこんでいるのだろう、と思うのだ。

そもそもこの疎水施設は、東京遷都によって活力を失った京都の起死回生を図る大事業としてつくられたのだという。起工は明治十八（一八八五）年で、完成したのはその五年後だ。しかも、いまでも水が通っていて、文字どおり京都の生命線になっている。

南禅寺の境内にある水路閣《すいろかく》の他にも、浄水場や発電所施設など、赤煉瓦造りの当初の構造物がいまもなお残っている。これらを見ると、当時いかに新しいものだったか、ということが想像できる。

琵琶湖から水を引くために計画されたこの疎水から感じる美しさというのは、いったいなんなのだろう。百年以上の長い歳月をへたことで、このようにものさびた感じもでているのだろうが、それだけではなく、当初からローマの水道設備の様式を模倣したような、機能だけではなく、美的建造物としての明確な意図が感じられる点がすごいと思う。

いまでは南禅寺の境内《けいだい》の風景のなかにすっかりとけこんで、なんともいえない趣さえ感じさせるのだが、完成した当初は、おそらくあの京都駅ビルと同じように、相当な毀誉褒貶《きよほうへん》があったにちがいない。実際に、南禅寺の境内を通すことに対しては、景観を壊すという反対意見もあったという。

しかしこの疎水を見ると、私には、当時の人たちには最初から美しいものをつくろう、という意図があったような気がしてならない。

バウハウス以来、機能的なものは美しい、合理的なものは美しいという時代がずっとつづいてきた。しかし、最近は、そうではなくて、美と機能、あるいは合理性と芸術性というものは、やはりある部分で相剋《そうこく》する部分、相反する部分もあるのではないか、ということがいわれている。

その対立する二つのものを、どこかぎりぎりの虚実皮膜《きよじつひまく》の間《かん》で折衷させる、そこに人間の想像力がある、というふうに私は考えてみたい。

南禅寺の疎水を見ると、古いものだけに満足させられない自分の気持ちを鎮めることができるような気がする。私にとっては、南禅寺とこの疎水は一体のものとして、京都の文化遺産のひとつになっているのだ。

南禅寺の水路閣は、若き技師・田辺朔郎が設計した疏水施設

そして、その背景には、つねに新しいものを追い求める京都の人たちのこころがある。古い古いといわれながら伝統にこだわらず、平然と伝統を覆して新しいものをつくっていく京都人のメンタリティがある。

「わび」と「さび」の背後にあるもの

日本人の美意識を語る場合に、「わび」「さび」ということがよくいわれる。しかし、どうも京都は「わび」「さび」という感覚とは違う、という気がしてならない。金閣を見ても、安土桃山の美術を見ても、豪華絢爛で金ピカという一面がある。

もちろん、金閣の場合は、よそから来て成りあがって天下一になった足利義満《あしかがよしみつ》のような人間が、権力と金にあかせて、華美で豪快でエネルギッシュな美意識からつくったもの、ということもできるだろう。下克上《げこくじょう》によって、ダイナミズムを与えられていくということは確かにあっただろうと思う。

安土桃山時代、権力者の庇護を受けて御用絵師として活躍していたのが、狩野永徳《かのうえいとく》をはじめとする狩野派の人びとだった。

その狩野派の絵も、いま私たちが見ているのは、何百年もたって色あせたものだ。それが描かれた当初は、もっと純金がべた塗りされていて、鮮やかなグリーンで竹やさまざまな植物が描かれ、日本人が見たこともないような虎などの獣が描きだされていた。かなりどぎつく、強烈なけばけばしさを持った絵だったにちがいない。

一方、その狩野派の絶頂期にライバルとして登場したのが長谷川等伯である。長谷川等伯は能登《のと》の人で、三十歳を過ぎてから京にあがっている。彼は日蓮宗の信者だったのでお寺の世話にもなっているが、どういう理由からか、千利休と深い気脈を通じていた。

利休は当時、信長、秀吉に仕えて寵遇《ちょうぐう》されていた。その利休の引き立てや政治的な動きもあって、等伯は公的な大きな仕事を引き受けて、狩野派を圧倒するような活躍をするようになった。

そういうことを知ると、利休という人を「侘《わ》び茶《ちゃ》」を完成した茶人であり、「わび」「さび」という美意識の源流とする考えかたのなかに、じつはもうひとつ欠けている視点があるのではないか、という気がしてくる。

利休は堺《さかい》の人である。彼の師匠の武野紹鷗《たけのじょうおう》は堺で大きな皮革商人をやっていた人だったし、利休自身も、信長に一向一揆を征伐するための鉄砲を用立てるコーディネーターを務めている。そうした事実からもわかるように、利休は茶の湯だけでなく、もっとなまなましい政治的な活動をたくさんした人だと思う。

等伯のような田舎の絵師を、あそこまで引き立てることができたのは、利休が当時、相当な権力を握っていたからにほかならない。おそらく、大名をもしのぐような権勢を誇り、贅沢な暮らしをしていたことだろう。

しかし、茶をする人たちは阿弥衆《あみしゆう》の系列であり、かつては世間から蔑視されていた。大きな権力を手に入れた利休の頭のなかにそのときふっと浮かんだのは、ひょっとすると、かつて自分たちが山河に起居していた時代のことだったのではないだろうか。流れ漂いながら世間とは別のところで動いていたころへの郷愁が、こころをよぎったのではないか。これは私の想像にすぎないが、そんな気がしないでもない。

利休のさまざまなエピソードのなかで、秀吉が利休を訪ねて来る日、たくさん咲き誇っている朝顔を一輪だけ残して、あとは全部切り捨ててしまった、という有名な話がある。あれは「わび」とか「さび」とかではなく、ものすごく残酷で獰猛なやりかたであり、強烈なデモンストレーションだ、と私には感じられる。

「山水河原者」の出である善阿弥の孫の又四郎が、『鹿苑日録《ろくおんにちろく》』のなかで悲痛な叫びをあげていたように、利休もまた自分のルーツへのサウダーデというか、〝孤愁〟みたいなものを感じていたのではないか。

もしかすると、「わび」とか「さび」とかいわれているものは、単に風流なものではなく、背後には、そうしたある種の社会的な階級や身分差別というものが存在したのではなかろうか。

その利休にしても、最後は秀吉の怒りを買って自刃《じじん》している。後ろ盾を失った等伯も狩野派の巻き返しにあって、急速に勢力を失っていく。

このように、桃山時代というのは日々が戦いの連続であり、人びとは、明日にも起こるだろう下克上の世の中で、いつ自分がつぶされるかもしれないという危うさを感じながら生きていたのである。

そういう時代のなかでの絢爛豪華さであり、「わび」「さび」の世界だととらえるべきではないだろうか。

文学作品の舞台としての都市

ひとつの文学作品——小説なりエッセイなりが長く残るということは、その作品の舞台になっている都市、町のフィジカルなものが、しっかり現存していることが条件だ、と私は思っている。

たとえば、サンクトペテルブルクで、ドストエフスキーの作品が読みつがれている背景には、サンクトペテルブルクが、町の風致をきちんと十九世紀のまま保存して、聖ワシーリー寺院より高い建築はいっさい建てさせない、ということがある。

だから、もしドストエフスキーの本を一冊持って、彼の『罪と罰』にでてくる広場を探しにいけば、町角からこっちに曲がると目の先に教会の金色の塔が突如として現れたとか、この運河を渡ってこっちへ来ると次はこういう町並みがあるというように、『罪と罰』のなかに書かれているとおりの形の風景が、いまも残っているのである。

たぶん金貸しの老婆が殺された場所としてドストエフスキーが設定した家は、このビルの三階だろう、あの部屋ではなかろうか、というところまで具体的にわかるのだ。

その本を読んだ人が、追体験しながらその町を歩くことで、いやというくらい具体的にその物語のリアリティを体感できるというのは、非常に大事なことだ。

たとえば、カフカは形而上学的《けいじじょうがく》な作家で、ある意味では自然主義的な作家ではなく、人生を非常に抽象的、あるいはシュールレアリスティックにとらえた作家だと思われている。

ところが、実際にプラハへいってみると、プラハの町がカフカの作品と深く関わっているということがよくわかるのだ。

ブルタバ川に架かっている橋のなかでいちばん有名なカレル橋を渡っていくと、カフカの小説の登場人物が向こうから歩いて来るシーンが目に浮かんでくる。あるいは、また別のシーンに書かれているように、プラハのなかの迷路のような細い小路を抜けて次の道路にでたとき、目の前にまったく知らない町が現れる、という体験をする。

このように、プラハという町が、カフカの時代の面影をそのまま残して保存されているからこそ、私たちはその作品をリアリティを持って読めるのだ。

シャーロック・ホームズの読者たちも、世界中からロンドンに集まってきて、ベーカー街など、あのシリーズのなかにでてくる有名な場所を巡礼して歩くという話だが、それも同じことだろう。

そういうふうに考えると、『万葉集』が時代を超えてずっと読みつがれてきているのも、斑鳩《いかるが》や大和の風物のなかに、二上山《にじようさん》があり、大和川があり、たたなずく青垣《あおがき》があり、というように、当時の面影がいまだにしっかりと残っているからだろう。歌が詠《よ》まれた場所に物語が残っているのである。

私が奈良を訪れたときにふと思い出すのは、林達夫《はやしたつお》氏（編集部注・明治二十九年に生まれ、昭和五十九年に没した評論家・歴史家）が若いころに書いたエッセイのことだ。そのなかに、仲間と一緒に若草山に登って日が暮れて、黄昏《たそがれ》時の奈良の町へ降りてくるというシーンがあった。若草山は当時のままの場所にあるので、あの林氏が学生としてここに登ったのかと思うと、その作品への思いいれもひとしお深くなる。

『源氏物語』が日本を代表する古典文学として残っているのは、もちろん作品の力もあるが、あのなかにでてくるいろいろな場所が、現在も残っているからだろう。そのことが、作品を永続させる最大の理由になっているのではないか、と私は思う。

たまたま宇治市を訪れたときに聞いたのだが、宇治市では、町おこしのために『源氏物語』を最大限に活用しようとしているらしい。後半の「宇治十帖」の部分の物語の一つひとつの舞台となる場所をまわって歩き、そこでスタンプを押すというツアーを実施して、観光客を誘致しようというのである。

杉本氏によれば、たとえば『平家物語』を読んでいても、舞台が京都のときには、非常によく理解できるという。『徒然草』や『方丈記』にしても、読みながら、その舞台になっている京都という土地から感じる実感があるという。

京都はそういうものを持っている数少ない場所である。過去に書かれた小説やエッセイにでてくる、そのとおりのものが、京都ではその場所にいまも残っていることが多い。

私もこれまでに京都を舞台にして、いくつか小説を書いた。たとえば『燃える秋』を書いたのはもう二十年以上前のことだが、そのなかにでてくる「ヴァチュール」という喫茶店も、ジャズ喫茶の「YAMATOYA」もちゃんと残っている。もちろん、祇園祭もつづいているし、都ホテルの遠景も見えるし、疎水の風情も当時のままだ。つまり、京都を舞台にして書くのは、作家にとっては非常に得だ、ということにもなるだろう。

白河のほとりには、「かにかくに祇園は恋し寝《ぬ》るときも枕の下を水の流るる」という歌碑が立っている。これは、吉井勇《よしいいさむ》の有名な『祇園冊子』の最初にでてくる歌だ。また、大正のはじめには、長田幹彦《ながたみきひこ》という人が『祇園夜話』というベストセラーを書いている。果たして、彼が後世まで残るべき作家であったかどうかは、私には判別しかねるけれども、少なくとも、彼が作詞をした「祇園小唄」が舞妓たちの重要なレパートリーとして歌われつづける限り、長田幹彦という名前も残ることだろう。

京都には、歴史や人物に由来する場所がいたるところにある。ここが坂本龍馬が暗殺された場所だとか、高山彦九郎《たかやまひこくろう》が座ったのはここだったとか、もっと遡っていえば、牛若丸《うしわかまる》と弁慶《べんけい》がやりあったのは、歌にもあるように「京の五条の橋の上」だったとか、いろいろな場面が思い浮かぶ。もちろん伝説にすぎないものもあるが、ここで親鸞が生まれたのかと思い、山科の本願寺へいけば、ここで蓮如は御文《おふみ》を書いたのか、と思うのだ。

そういった一つひとつが現存しているのは、文化というものを根底から支える大事なことだといえるだろう。

かつて『にっぽん三銃士』という連載小説を新聞に書いたとき、私は、博多を流れる那珂川《なかがわ》の西側の中洲から見える対岸の様子をこと細かく描写した。というのは、そのときすでに、これはもう必ず十年後にはなくなっているだろうと予想したからである。そのとおり、いまは百パーセントなくなって、完全に景色が一変してしまった。

こういうふうに、非常に移ろいやすいところを舞台にして書くのは、作家にとっては、逆になかなか辛い。

いま、日本の都市はどんどん変わってしまっている。もし、永井荷風の『濹東綺《ぼくとうき》譚《だん》』が残らないとしたら、それは、あの作品の背景が完全になくなってしまって、においさえしなくなったときかもしれない。それだけ、書かれたときの町のたたずまいが残っているということは、大きな意味を持っている。

誰だって『濹東綺譚』を読むと、それを一冊携えて、夕立の日にそれらしき町並みを歩いてみたいと思うだろう。しかし、いまの東京からは『濹東綺譚』を髣髴《ほうふつ》とさせるような世界はなくなってしまった。

夏目漱石の作品でも、本郷の不忍池《しのばずのいけ》のあたりとか、東大の構内とかで、あの主人公はここでああしてこうして、と想像できることは、作品にとっては大事なことだ。

これは、東京の人がいちばん嘆いているはずだが、戦前のよき山の手も下町も、一所懸命探さなければ、その面影すら見つからないという状況である。京都の場合は、町中から少しはいると、まだ昔の面影が残るところがたくさんある。

そういう変わらないものがある一面で、京都は新しいものをどんどんつくっていく。明治時代には南禅寺の疎水という、当時としては暴挙ともいえるとんでもないものをつくった。しかし、百年後の現在、あの疎水は見るに値するものになっている。それに比べると、最近の新しい京都の建築は、果たして百年後に見るに値するものになっているのかどうか。これは、新しいものがどれくらいきちんとメインテナンスされていくか、という問題もある。

建築家の安藤忠雄氏に会ったとき、私は、いま流行《はや》っているコンクリートの打ち放しというのは汚い、という話をした。すると彼は、あれはじつはものすごく贅沢な手法であって、手のこんだやりかたでつくったあと、つねにメインテナンスをして磨いたり洗ったりすると非常にきれいなんだが、と苦笑していた。

ところが、現実には、施主は一度建ててしまうと面倒なメインテナンスをせずに、十年も二十年も放ったらかしにする。そのため、汚れはつくし痕《あと》はつくしで、本当に無惨なありさまになる。

考えてみれば、あれは寿司屋の白木のカウンターのようなもので、毎日きちんと磨いておかなければいけないのだろう。そういう意図がなく、簡単だからということでやっている紛いものがあまりに氾濫している。コンクリートの打ち放しは、法外なお金がかかる贅沢な手法だということを、つくる人は理解する必要がある。

少なくとも、京都は古いものに自信があるから、新しいとんでもないものを建てられるのかもしれない。それは、対極にある古いものが、ある意味で重石になっているのだ。重石がなくなって、町を全部変えてしまえばどうにもならないが、京都では町屋がしっかり残っているから、そのなかにとんでもないものを建てたとしても、重心がぐらつかない。もしかすると、そういう自信を京都の人たちは持っているのかもしれない。

古いものが重石になって前衛を取りこむ町

ここまでずっと京都について考えてきて、相変わらず頭のなかで渦を巻いているのは、これは、考えても考えてもきりがないのではないか、という矛盾した思いである。

まるで、玉葱の皮をむくように、京都とはこういう町だというふうに考えると、しばらくしてその一枚下に、いやそうでもない、やはりこうかもしれない、というのがでてくる。そう思っていると、さらにそのまた一枚下に新しい京都の顔が見えてくる。なんともいえない、奥深い、そして謎をたくさん秘めた町だという感じがする。

ただ、私は昔からひねくれ者なので、世間でいわれている京都のイメージ——日本の美、伝統、そして雅《みやび》な文化という月並みな京都観だけでは、どうも満足できないところがある。そのため、針小棒大だといわれるかもしれないが、あえて京都のなかの前衛的な、あるいは新しもの好きの一面、エネルギーがたぎり立つような京都の一面を探ってみようと試みたのだ。

それにしても、これは勝った負けたという問題ではないのだが、たとえば、二十世紀中に京都がつくりだしたものと、五百年前、あるいは千年前のものとを比べてみてどうかというと、正直なところ、二十世紀のほうが少し負けているのではないか、という感じは否めない。

新しいもののなかでは、京都駅ビルは非常におもしろいし、疎水は十九世紀末につくられたものだが、すでに南禅寺の一部に取りこまれてしまって、周りの風景にしっとりとけこんでいる。これまでの京都のいろいろな建築にしても、庭にしても、確かな存在感があり、二十世紀につくられた新しいもの、あるいは明治以来の西洋の文明を消化しながらつくりあげてきたものが、決して薄っぺらだとは思わない。それはそれなりにおもしろいものではあるが、やはり何百年という長い時代を生き抜いてきた古いものに目を転じてみると、たとえ、いまは観光名所としてコマーシャルに使われているようなものであったとしても、底のほうにはすごいものがあることに気づく。

それは決して敗北感ではない。しかし、簡単に「伝統」という言葉を使うことや、「伝統」という言葉に反発しながらも、やはり伝統の持つ力というものを、骨身にしみて感じさせられたという気もする。

もっとも、いま「伝統」といわれているものも、最初は全部新しかったのだ。たとえば、現在の「古典落語」にしても、何百年か前にはピカピカの「新作落語」だったわけで、いま京都にある歴史的な建造物やいろいろな名所にしても、それができあがったときはやはりピカピカの新品であり、ヌーベルバーグだった。

そう考えると、そういう時代に五百年、千年という時をへて、いまなお私たちを圧倒するような力を持ったものをつくりだした当時の日本人というのは、どういう連中だったのだろうかと、むしろそちらのほうにある種のコンプレックスというか、圧迫感を感じてしまうのである。

京都は、気候的にも地理的にも、決して住みやすい場所ではなかったはずだ。しかし、そこに住み着いた人たちが、外国からのさまざまな知恵や情報や人間を取りこんで、そういうものを攪拌《かくはん》しながら、この土地に独自の文化を築きあげてきた。

そして、外からいろいろな権力者が京都へやってきて、支配して、また敗れて去っていった。京都の人たちは、それを平然と受けいれ、かつ送りだすということをくり返しながら、生きつづけて今日がある。

明治以降だけでも、京都には洋風建築とか現代建築とかいろいろなものができた。それは確かに、愛すべき建物やモニュメントではあるのだが、私がそれらを見たときに感じるこの感覚というのは、いったいなんなのだろうか。

たとえば、南禅寺の疎水。明治時代に、あの疎水という暴力的な近代の象徴のような施設が、南禅寺のなかに斬りこんでいったとき、煉瓦造りの疎水は、南禅寺の木造のいろいろな建物を圧倒したといえるのか。

当時はどうだったかわからないが、いま見ると、むしろ南禅寺という古くからの寺院建築や参道の風情のほうが圧倒的に力強くて、そのなかに点景《てんけい》のように、趣を添えるかのごとく、疎水の煉瓦造りがしっくりとはめこまれている、という感じがするのである。

斬りこんだつもりが取りこまれている、という印象を受けて、このすごい相手はいったいなんだろう、と考えてしまった。

京都に流れている時間の経過と、その伝統とを背負って生きている京都の人たちが、なぜ洋風の建築やモニュメントをつくると、過去の歴史的遺産に匹敵するものができないのだろう、という気もする。

しかしながら、物議をかもすような建築物が計画されたときに、できあがる前までは侃々諤々《かんかんがくがく》の議論があって、できあがってしまってからは、まあいいじゃないかと受けいれて、あとはそれが古びていくのを見守る、というところはいかにも京都らしい。

京都市がパリとの友情盟約四十周年記念事業として、鴨川にフランス風の橋を架けるという計画を立てたのだが、これは市民団体などが反対運動を展開したため、ついに平成十（一九九八）年に白紙撤回されて、沙汰《さた》止《や》みになったらしい。

もし、この幻に終わったフランス橋が完成していたとしたら、できた当初はきっと「なんだ、こんな橋をつくって」と京都の人たちはいっただろう。だが、おそらく五年、十年とたつうちに、それを京都のなかの風景のひとつとして平然と取りこんで、観光に利用していったのではないだろうか。

それはなんと表現すればいいのか、やはり京都の人たちのしたたかさなのか、すべてのものに慣れていくという日本人の独特の精神的な資質なのか。

やはり京都は永遠の謎かもしれない。それでも私は、京都の町のおもしろさというものをもっと追求していきたい、という気がしている。

お礼のことば

このシリーズは、二十代のころからの私の日本放浪の集大成ともいっていい連作である。外地から引き揚げてきて一時九州の山村に暮らしたことも、東京へ出て『家の光』という農村雑誌の取材記者として各地の農村を歩きまわったことも、また千葉、金沢、京都、横浜、などの各地に住んだことも、作家として全国を旅してきたことも、すべてこのシリーズの実現に大きく役立っている。

それにくらべれば、机の上で資料を読んだ時間は、比較にならないほど小さい。このシリーズは私が自分の足で歩き、目で見た実感から想像力を育てた実戦の記録のようなものであり、いわば、「史実」というより「史想」のシリーズなのである。

しかし、私はこの列島の背後に、確かに見えない何かを見た、と感じた。これまでの歴史の記述や、一般の常識からは浮上してこなかった深層の世界が、立ち現れてきたように感じたのである。

こんどのシリーズをまとめるにあたって、じつに多くのかたがたにサポートしていただいた。大阪の大谷晃一氏、京都の杉本秀太郎氏、若林広幸氏、そしてアドバイスをいただいた奈良の太田信隆氏、などのかたがたにお礼を申しあげたい。

各地で話をきかせてくださったかたがた、さらに出版、TV、写真、そのほかのスタッフにもお世話になった。ことにこのシリーズの企画・編集を担当してくださった講談社の豊田利男氏、北島智津子氏、そして何よりも取材に協力するとともに、構成者として一冊の本にまとめあげてくださった黒岩比佐子氏、またADの三村淳氏にもこころからお礼を申しあげなければならない。

ありがとうございました。

横浜にて　五木寛之

【主要参考文献】

●大阪に関するもの

『思想の科学』一九七二年別冊№７（思想の科学社）「都市と文化――オーサカ・ロジーへの招待」
『津村別院史』浅井了宗編（津村別院、一九七四）
『蓮如――その人と行動』菊村紀彦（雄山閣出版、一九七五）
『大阪歴史散歩――なにわ・摂津・河内・和泉』徳永真一郎（創元社、一九七七）
『親鸞と蓮如――その行動と思想――』笠原一男（評論社、一九七八）
『人間蓮如』山折哲雄（春秋社、一九七九）
『殉教と民衆』米村竜治（同朋舎、一九七九）
『大阪城への招待１』秋山進午他（大阪観光協会、一九八二）
『蓮如上人論――もう一つの大坂戦国記』木村武夫編（ＰＨＰ研究所、一九八三）
『蓮如――吉崎布教』辻川達雄（誠文堂新光社、一九八四）
『日本歴史地名大系 第二十八巻 大阪府の地名』（平凡社、一九八八）
『大実業家・蓮如』百瀬明治（祥伝社、一九八八）
『御堂筋ものがたり』三田純市（東方出版、一九九一）
『一向一揆の研究』井上鋭夫（吉川弘文館、一九九二・七刷）

『新日本古典文学大系　近松浄瑠璃集　上・下』（岩波書店、一九九三・一九九五）
『大阪の町と本願寺』大阪市立博物館編（毎日新聞社、一九九六）
『大阪府の歴史』藤本篤他（山川出版社、一九九六）
『大阪学』『大阪学　続』大谷晃一（ともに新潮文庫、一九九七）
『蓮如上人ものがたり』千葉乗隆（本願寺出版社、一九九八）
『寺内町の研究　第一巻　戦国社会と寺内町』大澤研一・仁木宏編（法蔵館、一九九八）
『乱世に生きて――蓮如の思想と行動』三田真史（私家版、一九九九）
『近江商人』末永國紀（中公新書、二〇〇〇）
『蓮如さん――門徒が語る蓮如伝承集成――』（橋本確文堂企画出版室）

●京都に関するもの

『日本の庭』中根金作（河原書店、一九八四）
「季刊へるめす」一九八六年九月号（岩波書店）
『京都の渡来文化』仲尾宏（淡交社、一九九〇）
「03 TOKYO CALLING」一九九〇年五月号（新潮社）特集「京都　永遠の前衛都市」
『梅棹忠夫著作集　第十七巻　京都文化論』梅棹忠夫（中央公論社、一九九二）
『ビジネスマンのための日経都市シリーズ　京都』日本経済新聞社編（日本経済新聞社、一九九二）
『京の路地裏』吉村公三郎（岩波書店、同時代ライブラリー、一九九二）
『京都府の百年』井ヶ田良治・原田久美子編（山川出版社、一九九三）

『岩波講座　日本通史　第十巻　中世4』朝尾直弘ほか編（岩波書店、一九九四）
『京都　歴史と文化2〔宗教・民衆〕』京都市編（平凡社、一九九四）
『図説　京都ルネサンス』佐藤和彦・下坂守編（河出書房新社、一九九四）
『京都千二百年の素顔』日本史研究会、京都民科歴史部会編（校倉書房、一九九五）
『京住記　杉本秀太郎文粋2』杉本秀太郎（筑摩書房、一九九六）
『建築ｍａｐ京都』ギャラリー・間編（ＴＯＴＯ出版、一九九八）
『日経都市シリーズ　京都』日本経済新聞社編（日本経済新聞社、一九九八）
『県史　京都府の歴史』朝尾直弘ほか（山川出版社、一九九九）
『祇園に生きて』三宅小まめ・森田繁子（同朋舎、二〇〇〇）

本書は、講談社より二〇〇一年六月に単行本『日本人のこころ1』として、二〇〇五年一二月に『五木寛之　こころの新書7　宗教都市・大阪　前衛都市・京都』として、刊行されたものです。事象、地名、人物の役職名などは単行本刊行時のままであることをご了承ください。

甘粕大尉 増補改訂　角田房子

関東大震災直後に起きた大杉栄殺害事件の犯人、甘粕正彦。後に、満州国を舞台に力を発揮した伝説の男、その実像とは？　（藤原作弥）

昭和史探索（全6巻）　半藤一利編著

名著『昭和史』の著者が第一級の史料を厳選、抜粋。時々の情勢や空気を一年ごとに分析し、書き下ろしの解説を付す。《昭和》を深く探る待望のシリーズ。

占領下日本（上）　半藤一利／竹内修司／保阪正康／松本健一

1945年からの7年間日本は「占領下」にあった。この時代を問うことは戦後日本を問いなおすことである。天皇からストリップまでを語り尽くす。

占領下日本（下）　半藤一利／竹内修司／保阪正康／松本健一

日本の「占領」政策では膨大な関係者の思惑が錯綜し揺れ動く環境の中で、様々なあり方が模索された。昭和史を多様な観点と仮説から再検証する。

わが半生（上）　愛新覚羅溥儀　小野忍／野原四郎／新島淳良／丸山昇訳

清朝末期、最後の皇帝がわずか三歳で即位した。紫禁城に宦官と棲む日々……。映画『ラスト・エンペラー』でブームを巻きおこした皇帝溥儀の回想録。

わが半生（下）　愛新覚羅溥儀　小野忍／野原四郎／新島淳良／丸山昇訳

満州国傀儡皇帝から一転して一個の人民へ。溥儀は第二次世界大戦を境に「改造」の道を歩む。訳者による、本書成立の経緯を史料として追加。

私の「戦争論」　吉本隆明　田近伸和

「戦争」をどう考えればよいのか？　不毛な議論に惑わされることなく、「個人」の重要性などを、わかりやすい言葉で説き明かしてくれる。

『羊の歌』余聞　加藤周一　鷲巣力編

独特な思考のスタイルと印象的な文体はどのように作られたのだろうか。その視点から多くのエッセイを渉猟して整理し、創造の過程を辿る。　（鷲巣力）

三国志　きらめく群像　高島俊男

曹操、劉備をはじめ、彼らをめぐる勇士傑物、女性たちなど、あまたの人物像に沿って描く「三国志」（正史）の世界。現在望みうる最良の案内書。

それからの海舟　半藤一利

江戸城明け渡しの大仕事以後も旧幕臣の生活を支え、徳川家の名誉回復を果たすため新旧相撃つ明治を生き抜いた勝海舟の後半生。　（阿川弘之）

品切れの際はご容赦ください

ちくま文庫

隠《かく》された日本《にほん》 大阪《おおさか》・京都《きょうと》
宗教都市《しゅうきょうとし》と前衛都市《ぜんえいとし》

二〇一四年六月十日 第一刷発行

著 者 五木寛之（いつき・ひろゆき）
発行者 熊沢敏之
発行所 株式会社 筑摩書房
東京都台東区蔵前二—五—三 〒一一一—八七五五
振替〇〇一六〇—八—四一二三
装幀者 安野光雅
印刷所 三松堂印刷株式会社
製本所 三松堂印刷株式会社

筑摩書房サービスセンター
埼玉県さいたま市北区櫛引町二—六〇四 〒三三一—八五〇七
電話番号 〇四八—六五一—〇〇五三

ISBN978-4-480-43173-8 C0121